Jürgen Möller

Insel der Lust und Begierden

Jürgen Möller

Insel der Lust und Begierden

Erotikroman

Bibliografische Information der Deutschen Nationalbibliothek:
Die Deutsche Nationalbibliothek verzeichnet diese Publikation in der Deutschen Nationalbibliografie; detaillierte bibliografische Daten sind im Internet über http://dnb.dnb.de abrufbar.

Korrektorat: Melanie Hanyssek

Verlag: BoD · Books on Demand GmbH, In de Tarpen 42, 22848 Norderstedt, bod@bod.de

Druck: Libri Plureos GmbH, Friedensallee 273, 22763 Hamburg

ISBN: 978-3-7693-5525-3

Inhaltsverzeichnis

Liebe Cinderella, liebe Melanie,

aus tiefstem Herzen möchte ich euch danken. Ohne eure unerschütterliche Unterstützung, euren Glauben an mich und eure unermüdliche Ermutigung wäre diese Geschichte vielleicht niemals entstanden – geschweige denn veröffentlicht worden.

Eure Freundschaft ist ein Geschenk, das mein Leben bereichert und mich stärkt.

Danke, dass es euch gibt!

ANFANG DER SEHNSUCHT

Dank eines unglaublichen Lottogewinns öffnet sich für uns die Tür zu einem Traum, der kaum greifbarer sein könnte: zwei Wochen purer Luxus auf einer paradiesischen Südseeinsel. Der Gedanke, dass du schon bald von unberührtem Sand, türkisblauem Wasser und dem Duft tropischer Blüten umgeben sein wirst, lässt mein Herz höher schlagen. Doch ein kleiner Wermutstropfen bleibt – ich kann erst einen Tag später nachkommen. Aber keine Sorge, ich habe jedes Detail perfekt geplant, damit du von der ersten Sekunde an verwöhnt wirst und dich wie im Paradies fühlst.

Am Morgen deiner Reise holt dich ein eleganter Chauffeur in einer luxuriösen Limousine direkt vor deiner Haustür ab. Das Besondere: Du brauchst kein Gepäck mitzunehmen – alles, was du benötigst, erwartet dich bereits auf der Insel. In der Limousine, die dich zum Flughafen bringt, findest du eine stilvolle Bar, an der du dich nach Herzenslust bedienen kannst. Während du dich entspannt zurücklehnst, sehe ich dich über den integrierten Bildschirm und wir sprechen per Videoanruf. Dein Lächeln fesselt mich, und es fällt mir schwer, nicht jetzt schon bei dir zu sein. Ich wünsche mir, dich zu küssen, deine Hand zu halten, aber diese kleine Trennung macht unser Wiedersehen umso intensiver.

Am Flughafen ist alles bereits für dich vorbereitet. Keine Warteschlangen, kein Stress – dein Check-in wurde im Voraus erledigt, und deine Bordkarte liegt im Auto bereit. Mit Leichtigkeit passierst du die Sicherheitskontrolle und wirst von einem freundlichen Mitarbeiter zum Flugzeug geleitet.

Im Flugzeug erwartet dich die ultimative Luxusklasse. Ein charmanter Flugbegleiter führt dich zu deinem privaten Bereich: ein großzügiges Abteil mit einem Sitz, der sich auf Knopfdruck in ein flauschiges Bett verwandelt. Das Menü bietet erlesene Speisen, und das Unterhaltungsprogramm ist beeindruckend. Du gönnst dir ein Glas Champagner und schickst mir ein Foto deines strahlenden Lächelns, das meine Sehnsucht noch verstärkt.

Als die Kabine gedimmt wird und die Nacht über den Wolken hereinbricht, spürst du die Ruhe und Magie des Moments. Du ziehst dich aus, lässt das weiche Mondlicht auf deiner Haut tanzen und stellst dir vor, wie meine Hände dich sanft berühren. Dein Körper erzählt Geschichten von Sehnsucht und Verlangen, während du dich in die weichen Decken kuschelst. Mit einem leisen Lächeln auf den Lippen schläfst du ein, getragen von der Vorfreude auf das, was kommt.

Nach der Landung wirst du wie ein VIP behandelt: Ein freundlicher Mitarbeiter empfängt dich und führt dich zu einem eleganten Fahrzeug, das dich zum Hafen bringt. Dort erwartet dich eine private Fähre, die dich durch das glitzernde Meer zu deinem Ziel bringt. In deiner eigenen Kabine gönnst du dir eine Erfrischung, bevor du dich an Deck begibst. Die salzige Meeresluft, das sanfte Schaukeln der Wellen und die schillernden Farben des Himmels und Wassers umhüllen dich wie ein zärtlicher Traum.

Am nächsten Hafen steigst du in ein Bootstaxi, das dich zur Insel bringt. Als die Silhouette deines Ziels näherkommt, stockt dir der Atem: Smaragdgrüne Hügel, glitzernder Sand und ein Meer, das in allen erdenklichen Farben leuchtet, heißen dich willkommen. Am Steg wirst du von lächelnden

Hotelmitarbeitern empfangen, die dir eine duftende Blumenkette umlegen. Jeder Schritt fühlt sich wie ein Spaziergang durch einen Traum an, während sie dir die Highlights des Resorts zeigen: eine Disco, verborgen hinter einem rauschenden Wasserfall, ein luxuriöser Wellnessbereich, und ein Einkaufszentrum, das keine Wünsche offenlässt.

Unsere Hütte liegt auf Stelzen im glasklaren Wasser, abgeschieden und doch mitten im Paradies. Der Boden im Wohnzimmer besteht aus Glas, sodass du bunte Fische direkt unter dir beobachten kannst. Im Schlafzimmer wartet ein Wasserbett, das dich wie auf Wolken schlafen lässt, und das Badezimmer ist mit einem Whirlpool ausgestattet, der förmlich dazu einlädt, die Seele baumeln zu lassen. Auf der Veranda kannst du den Blick über das endlose Meer schweifen lassen, während die Sonne im Ozean versinkt.

Bevor du den Abend ausklingen lässt, gönnst du dir noch einen Einkaufsbummel und ein köstliches Essen im Restaurant. Dein Herz klopft vor Aufregung, denn du weißt, dass wir schon bald zusammen sein werden. Und wenn ich morgen ankomme, werden diese ersten, magischen Momente auf der Insel nur der Anfang eines unvergesslichen Abenteuers sein.

IN DEINEN ARMEN ZWISCHEN HIMMEL UND MEER

Während das Boot sanft über die glitzernden Wellen gleitet und die letzten Strahlen der untergehenden Sonne den Horizont in ein tiefes Orange und Purpur tauchen, wird meine Sehnsucht nach dir fast unerträglich. Ich stelle mir vor, wie du zur gleichen Zeit irgendwo auf der Insel sitzt, deinen Blick ebenfalls über den Horizont schweifen lässt, vielleicht sogar an mich denkst. Die Welt scheint sich langsamer zu drehen, jeder Augenblick zieht sich endlos hin, und doch nährt dieser süße Schmerz der Sehnsucht die Vorfreude auf das, was kommt.

Als die Insel endlich am Horizont auftaucht, umspielt ein Kribbeln meinen ganzen Körper. Die Lichter der Hütten, der sanfte Schimmer der bunten Scheinwerfer, die das kristallklare Wasser in Farben verwandeln, die zu schön scheinen, um real zu sein – all das deutet darauf hin, dass ich mich meinem Ziel nähere. Doch nichts davon fesselt meinen Blick so sehr wie die zarte Silhouette, die sich am Ende des Stegs abzeichnet. Im Licht der Scheinwerfer erkenne ich dich, deine anmutige Haltung, das luftige Kleid, das sich im sanften Wind bewegt, und die unwiderstehliche Ausstrahlung, die mich magisch anzieht.

Für einen Moment halte ich den Atem an. Meine Gedanken überschlagen sich: Wie lange habe ich diesen Moment herbeigesehnt? Wie oft habe ich mir vorgestellt, dich wieder in meinen Armen zu halten? Der Drang, einfach ins Wasser zu springen und zu dir zu schwimmen, ist beinahe überwältigend, doch ich halte mich zurück, während das Boot gemächlich anlegt.

Dann endlich, nach dieser gefühlten Ewigkeit, setze ich den Fuß auf den Steg. Ich zögere keine Sekunde, ignoriere die höflichen Gesten des Empfangskomitees, das mir eine Blumenkette um den Hals legen will, und stürze direkt in deine offenen Arme. Unsere Blicke treffen sich, und in deinen Augen finde ich all die Wärme, das Verlangen und die Liebe, die ich so vermisst habe. Ohne ein Wort zu sagen, ziehe ich dich an mich heran, schließe die Augen und küsse dich – tief, lang, intensiv, als ob dieser Kuss all die Zeit wiedergutmachen könnte, die wir getrennt waren. Die Welt um uns herum verschwimmt, nichts existiert außer dir und mir.

Als der Kuss endet, spüre ich die Hitze deines Körpers, die mich durchflutet, doch ich kann nicht leugnen, dass die Reise mir einiges abverlangt hat. „Ich fühle mich, als hätte ich einen ganzen Ozean überquert, um hier zu sein," sage ich mit einem entschuldigenden Lächeln, „aber jetzt, da ich dich endlich bei mir habe, bin ich einfach nur glücklich." Deine Hand streicht sanft über mein Gesicht, und du nickst verständnisvoll. „Wir haben alle Zeit der Welt," sagst du leise und schenkst mir ein Lächeln, das alle Müdigkeit vergessen lässt.

Gemeinsam schlendern wir zur Strandbar, die in warmem Licht erstrahlt. Die Atmosphäre ist entspannt, der Duft von salziger Meeresluft vermischt sich mit dem Aroma exotischer Cocktails. Wir nehmen auf hohen Barhockern Platz, einander zugewandt, während eine sanfte Brise über unsere Haut streicht. Ich bestelle einen fruchtigen Cocktail für dich und einen Energy-Drink für mich, in der Hoffnung, meine Energie wieder aufzuladen. Doch ehrlich gesagt, deine Nähe allein gibt mir bereits neue Kraft.

Während wir uns unterhalten, unsere Hände fest ineinander verschlungen auf dem Tresen liegend, verliere ich mich in deinem Lächeln und den leisen Klängen deiner Stimme. Immer wieder überkommt mich das Verlangen, dich zu küssen, und jedes Mal gebe ich diesem Impuls nach. Deine Lippen schmecken nach Freiheit, nach Abenteuer, nach dem, was ich so lange vermisst habe.

Dann geschieht etwas, das mich völlig aus der Fassung bringt. Fast unmerklich schiebst du dein Kleid ein wenig höher, und ein schelmisches Lächeln huscht über dein Gesicht. Mein Atem stockt, als mir bewusst wird, dass du kein Höschen trägst. Dieses freche, verführerische Spiel bringt mich um den Verstand. Du streichst sanft mit deinen Fingern über meinen Oberschenkel, während ich anfange, wirres Zeug zu reden, unfähig, meine Gedanken zu sortieren. Deine Augen funkeln vor Amüsement, und du genießt offensichtlich die Wirkung, die du auf mich hast.

Als du deine Beine leicht spreizt und mir einen noch intimeren Einblick gewährst, scheint die Luft zwischen uns zu vibrieren. Mein Puls rast, und ich weiß, dass ich nicht mehr lange hier sitzen bleiben kann. „Ich glaube, es ist Zeit, dass wir uns zurückziehen," flüstere ich heiser, während meine Hand über deinen Oberschenkel gleitet.
Du lächelst verschmitzt, nickst, und gemeinsam machen wir uns auf den Weg zurück zur Hütte. Ich bestelle mir noch einen letzten Energy-Cocktail, um sicherzustellen, dass ich für das, was kommt, bereit bin. Der Barkeeper wirft mir ein wissendes Lächeln zu, während er mit schnellen, geübten Bewegungen verschiedene Zutaten mixt. Der Moment fühlt sich an wie die Ruhe vor einem Sturm – ein Sturm der Leidenschaft, den ich kaum erwarten kann.

WENN DIE ZEIT STILL STEHT

Hand in Hand schlendern wir barfuß über den feinen, noch warmen Sand, der von der sanften Meeresbrise und dem leisen Rauschen der Wellen umspielt wird. Unsere Schritte sind langsam, absichtsvoll, als wollten wir jede Sekunde dieses magischen Abends in uns aufsaugen. Der Himmel über uns ist ein Meer aus funkelnden Sternen, so klar und intensiv, dass es fast so wirkt, als könnten wir sie mit ausgestreckten Händen berühren. Die Luft duftet nach Salz, nach Kokosnüssen und einem Hauch von tropischen Blüten, die in der Nacht ihre volle Pracht entfalten.

Deine Hand in meiner fühlt sich warm und vertraut an, als hätten wir sie für immer so gehalten. Hin und wieder bleibst du stehen, lässt deinen Blick über das glitzernde Wasser schweifen, während das Mondlicht einen silbernen Pfad auf die sanften Wellen malt. Jedes Mal, wenn du innehältst, betrachte ich dich, kann nicht anders, als dich zu bewundern. Dein Haar wird leicht vom Wind bewegt, deine Augen strahlen, und das Lächeln auf deinem Gesicht ist das Schönste, das ich je gesehen habe.

Plötzlich ziehst du mich ein Stück näher ans Wasser, wo die Wellen sanft unsere Füße umspülen, kühl und belebend zugleich. Du hältst meine Hand fester, als wolltest du mich in diesen Moment hineinziehen, und ich folge dir bedingungslos. Schließlich bleibst du stehen, drehst dich zu mir, und unsere Blicke treffen sich. In deinen Augen liegt etwas, das mein Herz schneller schlagen lässt – eine Mischung aus Leidenschaft, Zärtlichkeit und Verlangen, die mich völlig gefangen nimmt.

Ohne ein Wort zu sagen, lege ich meine Hände an dein Gesicht, halte es sanft, aber bestimmt, und ziehe dich in einen Kuss. Unsere Lippen treffen sich, vorsichtig zuerst, fast wie ein zartes Versprechen, doch bald wird der Kuss tiefer, intensiver, und es ist, als würde die Zeit um uns herum stillstehen. Unsere Zungen begegnen sich, bewegen sich in einem rhythmischen Tanz, der alles andere um uns herum verblassen lässt. Die Wärme deines Körpers, der Geschmack deiner Lippen – alles an dir fühlt sich so unglaublich richtig an, so perfekt.

Meine Hände wandern langsam von deinem Gesicht über deinen Hals zu deinen Schultern, erforschen jede Linie deines Körpers, als wollte ich mir einprägen, wie du dich in diesem Moment anfühlst. Ich kann die Spannung in deinen Muskeln spüren, das leise Zittern, das mich noch mehr antreibt. Schließlich gleiten meine Hände hinunter zu deinem Rücken, ziehen dich noch näher an mich heran, bis keine Luft mehr zwischen uns passt.

Langsam, beinahe zögernd, lasse ich meine Hände tiefer gleiten, bis sie den Stoff deines Kleides erreichen. Ich schiebe den leichten Stoff nach oben, Zentimeter für Zentimeter, während meine Fingerspitzen deine Haut streifen. Deine Haut fühlt sich warm und weich an, fast unwirklich, und ich kann nicht anders, als meine Berührungen noch bewusster zu machen, dich noch intensiver zu spüren. Schließlich berühren meine Hände deine nackten Pobacken, und für einen Moment halte ich inne, schließe die Augen und lasse mich von dem überwältigenden Gefühl dieses Augenblicks mitreißen.

Dein Körper schmiegt sich perfekt an meinen, und ich spüre deinen Atem, schnell und unregelmäßig, an meinem Hals. Meine Finger drücken sanft in deine Haut, als könnte ich dadurch noch mehr Nähe zu dir gewinnen. „Du fühlst dich so gut an," flüstere ich, meine Stimme rau und leise, fast verloren im sanften Rauschen der Wellen. „Ich wünschte, ich könnte diesen Moment einfrieren, ihn für immer festhalten."

Du antwortest nicht, doch dein Lächeln und der Ausdruck in deinen Augen sagen mehr, als Worte jemals könnten. Stattdessen ziehst du mich noch näher zu dir, deine Hände umklammern meinen Nacken, während dein Körper sich an mich presst. Unsere Küsse werden ungeduldiger, leidenschaftlicher, als ob wir die Zeit, die wir getrennt waren, in diesen Moment nachholen wollten. Ich kann fühlen, wie dein Herz gegen meine Brust schlägt, genauso schnell und intensiv wie meines. Die Welt um uns herum scheint sich aufzulösen, nur das Rauschen des Meeres, die Wärme deines Körpers und die unendliche Weite der Nacht existieren noch. Alles an dir, an diesem Moment, ist perfekt, und ich weiß, dass dies nur der Anfang ist – der Anfang eines unvergesslichen Abenteuers, das wir zusammen erleben werden

UNTER DEN STERNEN

Hand in Hand setzen wir unseren Weg zur Hütte fort, den Sand unter unseren Füßen spürend, weich und warm, als würde er uns den Weg ebnen. Der Klang des Meeres begleitet uns, während die Sterne über uns wie kleine Diamanten am Nachthimmel glitzern. Deine Hand in meiner fühlt sich an, als gehörte sie schon immer dorthin. Jede Berührung, jeder Schritt verstärkt das Band zwischen uns, das unaufhörlich stärker wird.

Als wir schließlich die Hütte erreichen, halte ich vor der Tür inne. Die warmen, hölzernen Planken unter unseren Füßen knarren leise, während ich mich zu dir drehe. Der Blick in deine Augen raubt mir den Atem, und ohne ein weiteres Wort lege ich meine Hände an deine Hüften und ziehe dich sanft an mich heran. Unsere Lippen treffen sich, erst sanft, dann intensiver, ein Kuss voller Versprechen und Verlangen. Der Moment scheint zeitlos, bis ich mich schließlich, wenn auch nur zögernd, von dir löse.

„Gib mir eine Minute", sage ich mit einem schelmischen Lächeln und streiche sanft über deine Wange, bevor ich mich in Richtung Bad verabschiede. Die Dusche erwartet mich, und als das kalte Wasser meinen Körper trifft, spüre ich, wie die Müdigkeit der Reise von mir abfällt. Das kühle Nass belebt mich, jede Berührung des Wassers gegen meine Haut weckt mich mehr auf, während sich die Spannung in meinem Körper auf eine andere Weise zu sammeln scheint. Der Gedanke an dich lässt mich nicht los, und ein Lächeln spielt um meine Lippen, als ich das Wasser abdrehe und mich mit einem Handtuch abtrockne.

Das Handtuch locker um meine Hüfte geschlungen, gehe ich zurück ins Schlafzimmer, voller Erwartung, dich vielleicht nackt auf dem Bett vorzufinden, dein wunderschöner Körper im weichen Licht der Nacht. Doch du bist nicht dort. Für einen Moment bleibe ich stehen, blicke mich suchend um, bis mein Blick hinaus auf die Veranda fällt. Da bist du.

Du sitzt am Rand der Veranda, die Beine über das glasklare Wasser baumelnd, während der Ozean im sanften Licht des Mondes wie ein flüssiger Spiegel schimmert. Der Anblick raubt mir den Atem – du, so still und anmutig, wie ein Kunstwerk, das von der Natur selbst erschaffen wurde. Dein Haar weht leicht im Wind, und dein Blick scheint sich in der Weite des Horizonts zu verlieren, als würdest du mit den Sternen sprechen.

Langsam gehe ich auf dich zu, knie mich hinter dir nieder und küsse zärtlich dein Ohrläppchen. Dein Körper reagiert auf meine Berührung, ein leichtes Zittern, ein leises Lächeln. Ich setze mich neben dich, unsere Schultern berühren sich, und du greifst nach meiner Hand, verschränkst deine Finger mit meinen. Für einen Moment sagen wir nichts, lassen die Stille und die Schönheit des Augenblicks für uns sprechen. Unsere Blicke wandern gemeinsam über den endlosen Ozean, die Sterne, den Nachthimmel, der uns zu umarmen scheint.

Dann lasse ich mich zurücksinken, lege mich auf den Rücken und starre in den Zenit, die Sterne scheinbar zum Greifen nah. Du folgst mir, stützt dich mit einem Arm auf der Seite ab und blickst zu mir hinunter. Deine Augen strahlen wie das Firmament über uns, und ohne ein weiteres Wort finden sich unsere Lippen erneut. Der Kuss beginnt sanft, doch die Leidenschaft, die zwischen uns lodert, lässt ihn schnell intensiver werden. Unsere Münder öffnen sich, unsere Zungen begegnen sich in einem Tanz, der uns beide sprachlos macht.

Dein Bein legt sich sanft auf meinen Oberschenkel, das Handtuch um meine Hüfte rutscht ein Stück nach unten. Deine Berührung ist wie Feuer auf meiner Haut, ein Brennen, das ich nicht löschen möchte. Ich spüre, wie sich dein Körper an meinen schmiegt, deine Wärme, dein Duft, die Spannung, die zwischen uns schwingt. Meine Hand gleitet über dein Bein, streift die weiche Haut, während ich den Saum deines Kleides finde. Ich schiebe es langsam nach oben, meine Finger erkunden deinen Rücken, deine Hüften, jede Linie deines Körpers, die mich wie Magie anzieht.

Du rollst dich sanft auf mich, kniest über meinem Körper, während unsere Münder noch immer fest verbunden sind. Deine Hände wandern über meine Brust, deinen Blick durchzieht ein Funkeln, das mich um den Verstand bringt. Mein Handtuch öffnet sich schließlich ganz, und ich spüre, wie dein Unterleib sich an mich schmiegt, wie du dich bewegst, langsam, sinnlich, als wolltest du die Zeit selbst dehnen.

Unsere Bewegungen werden intensiver, unser Atem schneller, bis schließlich der Moment kommt, in dem sich alles vereint. Der Moment, in dem wir eins werden. Ich spüre, wie ich in dich eindringe, sanft, aber tief, und für einen Augenblick scheint die Welt um uns herum zu explodieren. Alles verschwimmt, nichts existiert außer dir und mir, und das unbeschreibliche Gefühl, das uns beide durchströmt. Unsere Körper bewegen sich wie im Einklang, ein Tanz der Leidenschaft, der uns bis an die Grenzen führt und darüber hinaus.

Als der Höhepunkt uns beide überwältigt, spüre ich, wie meine Kontrolle schwindet, wie ich mich ganz dir hingebe, während ein unbändiger Strom der Lust mich durchflutet. Du hältst mich fest, deine Lippen finden meine in einem innigen Kuss, der mich zurückholt, mich festhält in diesem Moment, der sich für immer in meine Erinnerung brennt.

Noch eine Weile bleiben wir so liegen, ineinander verschlungen, während der Ozean leise unter uns rauscht und der Nachthimmel uns still umarmt. Schließlich erheben wir uns, nehmen gemeinsam eine erfrischende Dusche, unsere Hände finden immer wieder den Weg zueinander, zärtlich und verspielt.

Und dann, als der letzte Rest Müdigkeit uns übermannt, sinken wir erschöpft in das weiche Wasserbett unserer Hütte, eng aneinander gekuschelt. Die Sterne draußen wachen über uns, während wir uns in den Armen halten und der Gedanke an eine gemeinsame Zukunft unser Herz erfüllt.

IM LICHT DES MONDES

Nachdem du sanft in den Schlaf geglitten bist, liege ich still neben dir, unfähig, die Augen von dir abzuwenden. Der Raum ist in ein sanftes, silbernes Licht getaucht, das vom Mond durch das halb geöffnete Fenster strömt. Die Luft ist angenehm warm, doch eine leichte Brise trägt den Duft des Meeres und der tropischen Blüten herein. Es ist, als hätte die Welt beschlossen, für uns beide den Atem anzuhalten, uns diesen Moment voller Frieden und Zärtlichkeit ganz allein zu schenken.

Meine Augen wandern langsam über dich, verweilen bei den feinen Konturen deines Gesichts, der leichten Wölbung deiner Wangen, den geschlossenen Augen, die so ruhig und gelassen wirken, als hättest du die ganze Welt hinter dir gelassen. Das Mondlicht tanzt auf deiner Haut, malt silberne Linien über deine Schultern, deinen Hals und weiter hinab. Es ist, als wäre dein Körper ein Kunstwerk, das in dieser magischen Nacht zum Leben erwacht ist, geschaffen, um mich immer wieder aufs Neue in seinen Bann zu ziehen.

Mit jedem Atemzug hebt und senkt sich deine Brust in einem gleichmäßigen Rhythmus, der mich beruhigt und erfüllt. Es ist, als könnte ich den Pulsschlag der Nacht selbst spüren, durch dich, durch uns beide. Mein Herz schlägt leise, aber kräftig, jedes Pochen begleitet von dem überwältigenden Gefühl der Liebe und Dankbarkeit, das in mir aufsteigt. In diesem Moment erkenne ich, dass es keine Worte braucht, um die Tiefe meiner Gefühle auszudrücken – sie sind in der Luft um uns herum spürbar, im sanften Licht, in der Stille der Nacht, in der Wärme deiner Nähe.

Langsam hebe ich meine Hand und lasse meine Finger ganz sanft über deine Haut gleiten. Es ist eine kaum wahrnehmbare Berührung, zart und liebevoll, als hätte ich Angst, diesen perfekten Moment zu stören. Meine Fingerspitzen folgen der geschwungenen Linie deiner Schulter, gleiten sanft über deinen Arm und verweilen schließlich bei deiner Hand. Ich umfasse sie leicht, spüre die Wärme deiner Haut, den leichten Druck deiner Finger, die sich im Schlaf entspannt haben.

In meinem Inneren entsteht eine Flut aus Emotionen – Liebe, Ehrfurcht, Glück – all das mischt sich zu einem Gefühl, das kaum zu beschreiben ist. Ich wünsche mir nichts anderes, als die Zeit anhalten zu können, diesen Augenblick der vollkommenen Harmonie für immer zu bewahren. Die Welt um uns herum könnte zerfallen, und es würde mir nichts ausmachen, solange ich hier, bei dir, in diesem Bett bleiben kann, in diesem Zustand der reinen, unverfälschten Liebe.

Die Geräusche der Nacht begleiten diesen Moment wie eine zarte Melodie: das leise Flüstern des Windes, der sanft durch die Palmen streift, das entfernte Rauschen der Wellen, die an den Strand schlagen, und der Ruf eines Nachtvogels, der irgendwo in der Ferne zu hören ist. Alles scheint in perfektem Einklang mit uns zu sein, als wäre diese Nacht für uns gemacht worden.

Ich lehne mich leicht über dich, nur um dein Gesicht besser betrachten zu können, und spüre den Drang, dich zu küssen. Doch ich halte inne, will deinen friedlichen Schlaf nicht stören. Stattdessen presse ich einen sanften, kaum spürbaren Kuss auf deine Stirn und lasse meine Lippen für einen Moment verweilen, als wollte ich meine Liebe direkt in deine Träume flüstern.

Die Wärme deines Körpers und die friedvolle Atmosphäre der Nacht beginnen mich langsam einzuhüllen. Meine Augenlider werden schwer, doch ich kämpfe dagegen an, unfähig, mich von dir abzuwenden. Ich will jeden Moment in mir aufnehmen, jedes Detail deines Seins in mein Gedächtnis einbrennen, damit ich es für immer bei mir tragen kann.

Schließlich gebe ich der Müdigkeit nach, lasse meinen Kopf sanft auf das Kissen sinken. Meine Hand bleibt in deiner, und während meine Augen sich schließen, höre ich deinen gleichmäßigen Atem, spüre die Wärme deiner Nähe, und ein leises Lächeln legt sich auf meine Lippen. Mit dem beruhigenden Wissen, dass du hier bei mir bist, gleite auch ich in den Schlaf, in einen Traum, der diese magische Nacht widerspiegelt, eine Nacht, die für immer in meinem Herzen bleiben wird.

ERWACHEN DER LUST

Die ersten Sonnenstrahlen, warm und golden, dringen durch die halb geöffneten Vorhänge und werfen sanfte Lichtspiele auf unsere nackten Körper. Die Luft ist erfüllt vom leisen Rauschen des Meeres, das in der Ferne mit den Palmen flüstert, und von deinem ruhigen, gleichmäßigen Atem. Ich öffne langsam die Augen und spüre die Vertrautheit und Wärme deines Körpers, der eng an meinen geschmiegt ist. Deine Haut fühlt sich weich und warm an, und dein Duft – eine Mischung aus Salz, Sonne und dir – erfüllt die Luft und macht mich beinahe schwindelig vor Glück.

Ich bleibe für einen Moment regungslos liegen, nehme alles in mich auf: die Wärme der Sonne, die Ruhe dieses Morgens, das sanfte Heben und Senken deiner Brust, das Leben, das in deinem friedlich schlafenden Körper pulsiert. Mein Herz schlägt ruhig, aber kräftig, erfüllt von einer tiefen Dankbarkeit, dass du hier bist, in meinen Armen, in diesem perfekten Moment, der fast zu schön scheint, um wahr zu sein.

Vorsichtig, um dich nicht zu wecken, lasse ich meine Hand über deinen Rücken gleiten, streiche sanft über deine Schulterblätter, deine Taille, die geschwungene Linie deines Rückens. Deine Haut ist so zart unter meinen Fingerspitzen, und ich kann nicht anders, als mit meinen Berührungen weiterzumachen. Deine sanften Atemzüge verraten mir, dass du noch tief schläfst, doch ich bemerke das leichte Zucken deiner Muskeln, die subtile Art, wie dein Körper auf meine Berührungen reagiert.

Meine Hand wandert langsam nach vorne, streift über deine Brüste, wo ich einen Moment verweile, die weiche Rundung unter meiner Handfläche spüre. Deine Brustwarzen reagieren auf meine Berührung, und ein sanftes Lächeln huscht über mein Gesicht. Meine Fingerspitzen beginnen, sie in kleinen Kreisen zu umspielen, immer behutsam, immer liebevoll. Dann beuge ich mich leicht vor und lasse meine Lippen folgen. Meine Zunge umkreist zärtlich eine deiner Brustwarzen, bevor ich sie sanft küsse. Dein Atem verändert sich, wird ein wenig tiefer, ein wenig unregelmäßiger, und ich weiß, dass du meine Berührungen spürst, auch im Schlaf.

Langsam lasse ich meine Lippen tiefer gleiten, über deinen Bauch, wo ich die leichte Salzschicht von der Wärme der letzten Nacht schmecke. Es ist ein Geschmack, der so einzigartig ist, so unwiderstehlich, dass ich ihn immer wieder kosten möchte. Mein Weg führt mich weiter hinab, über deinen flachen Bauch, zu deinen Hüften, bevor ich innehalte, um den Moment auszukosten.

Meine Zunge wandert weiter, über deine Oberschenkel, sanft und zärtlich, während meine Hände deine Haut streicheln. Ich bewege mich zu deinen Knien, dann zu deinen Füßen, wo ich jeden Zeh einzeln küsse, bevor ich mich langsam wieder nach oben arbeite. Deine Beine beginnen sich leicht zu öffnen, als spürtest du meine Absicht, auch wenn du noch nicht vollständig wach bist.

Meine Küsse wandern entlang der Innenseite deiner Schenkel, immer näher an das Zentrum deines Körpers, wo ich spüre, dass deine Wärme mich einlädt, mich zu dir ruft. Dein Atem wird tiefer, und ich weiß, dass du jetzt wach bist, dass du meine Berührungen vollständig wahrnimmst. Meine Zunge gleitet sanft über deine Schamlippen, umkreist sie, bevor ich vorsichtig in dich eindringe, um deine Lust zu kosten. Dein Geschmack ist berauschend, und ich verliere mich in der Intimität dieses Augenblicks, in dem nur du und ich existieren.

Meine Zunge findet deinen Kitzler, umkreist ihn mit zarten Bewegungen, während meine Lippen ihn sanft küssen und leicht daran saugen. Dein Körper beginnt zu beben, deine Hüften bewegen sich im Rhythmus meiner Zungenbewegungen, und ich spüre, wie sich die Spannung in dir aufbaut, wie sich dein ganzer Körper auf diesen einen Moment zubewegt. Meine Hände umfassen deinen Hintern, heben dich leicht an, um dir noch näher zu sein, um jede Bewegung, jedes Zucken deines Körpers zu spüren.

Dein Atem wird schneller, dein Griff um das Bettlaken fester, und ich weiß, dass du kurz vor deinem Höhepunkt bist. Als du schließlich kommst, durchläuft eine Welle von Lust deinen Körper, lässt dich erzittern, beben, und ich halte dich fest, fange dich auf, lasse dich in diesem Moment der Ekstase verweilen. Ich spüre, wie dein Körper sich langsam entspannt, wie dein Atem wieder ruhiger wird, während du dich an mich schmiegst.

Plötzlich klopft es an der Tür. Ein leichtes Lachen entweicht uns beiden, während ich mich widerwillig von dir löse und mir schnell etwas überziehe, um die Tür zu öffnen. Der Zimmerservice bringt ein Tablett mit frischem Obst, Gebäck, Säften und dampfendem Kaffee. Ich bedanke mich und bringe das Tablett ans Bett, wo du dich mit einem zufriedenen Lächeln aufsetzt, deine Haare zerzaust, deine Haut noch rosig vom eben Erlebten.

„Frühstück im Bett, meine Königin," sage ich neckend und setze mich neben dich. Du lächelst verschmitzt, deine Augen leuchten, und wir teilen diesen stillen Moment, in dem wir beide wissen, dass unsere Verbindung tiefer ist als Worte es je ausdrücken könnten.

„Und was hast du nach dem Frühstück vor?" frage ich schließlich, meine Stimme weich und voller Zärtlichkeit. Du schaust mich an, mit einem Blick, der so voller Wärme und Möglichkeiten ist, dass ich die Antwort bereits erahne – unser Tag hat gerade erst begonnen, und er wird genauso magisch sein wie dieser Morgen.

SONNENGLUT & VERFÜHRUNG

Nach unserem ausgiebigen Frühstück, das uns mit frischen Früchten, duftendem Kaffee und jeder Menge Lachen erfüllt hat, beschließen wir, den Morgen im warmen Meer zu verbringen. Die Sonne steht bereits hoch am Himmel, ihr Licht glitzert auf den sanften Wellen, und der Duft des Salzwassers mischt sich mit dem der tropischen Pflanzen, die um unsere Hütte herum wachsen. Die Vorfreude liegt spürbar in der Luft, und ich kann es kaum erwarten, mit dir zusammen ins Wasser zu springen, das uns mit seiner Wärme willkommen heißt.

Doch bevor wir losziehen, schnappst du dir die Sonnencreme. „Nicht, dass wir uns noch verbrennen," sagst du mit einem schelmischen Lächeln, und ich weiß sofort, dass du diese Aufgabe auf keinen Fall einfach so hinter dich bringen wirst. Du drehst mir den Rücken zu, schiebst deine Haare über eine Schulter und forderst mich mit einem neckischen Blick auf, anzufangen.

Ich nehme die Creme, verteile einen großzügigen Klecks in meinen Händen und beginne langsam, sie auf deine Schultern aufzutragen. Deine Haut fühlt sich warm und geschmeidig an unter meinen Fingern, und ich lasse mir bewusst Zeit, während ich die Creme in deine Haut einarbeite. Meine Hände gleiten sanft über deine Schultern, deinen Nacken hinunter und dann über deinen Rücken. Ich spüre, wie du dich ein wenig entspannst, ein leises Seufzen entweicht dir, und ich lächle, denn ich weiß, dass du diesen Moment genauso genießt wie ich.

Meine Hände wandern weiter, tiefer hinunter zu deinen Hüften. Ich knie mich hin, streiche mit festen, aber sanften Bewegungen über die geschwungene Linie deines Rückens bis zu deinem Po. Hier bleibe ich einen Moment länger, lasse meine Finger langsam über die weiche Rundung deiner Hüften gleiten, bevor ich die Creme sorgfältig einarbeite. Du wirfst mir einen über-die-Schulter-Blick zu, deine Augen funkeln, und ich kann sehen, dass du meine Berührungen nicht nur duldest, sondern sie mit jedem Moment mehr genießt.

„Vergiss die Vorderseite nicht," sagst du schließlich mit einem leichten Lachen, während du dich zu mir umdrehst. Deine Stimme hat einen spielerischen Ton, aber deine Augen verraten mehr – da ist diese vertraute Hitze, diese unausgesprochene Verbindung, die immer stärker zu werden scheint, je länger wir uns berühren. Ich nehme mir erneut etwas Creme und lasse meine Hände über deinen Bauch gleiten, deine Taille umschließen, bevor sie langsam aufsteigen. Als ich deine Brüste erreiche, mache ich einen kurzen Moment Pause und sehe dich an, als wollte ich sicherstellen, dass ich weitermachen darf. Du nickst leicht, deine Lippen formen ein winziges, ermutigendes Lächeln.

Behutsam trage ich die Creme auf deine Brüste auf, massiere sie mit sanften, kreisenden Bewegungen ein, wobei ich spüre, wie sich deine Brustwarzen leicht verhärten. Deine Atmung verändert sich, wird ein wenig tiefer, und ich merke, wie du dich noch mehr an meine Berührungen hingibst. „Du nimmst deine Aufgabe wirklich ernst," flüsterst du mit einem schmunzelnden Unterton, doch deine Stimme klingt ein wenig brüchig, verräterisch.

Nachdem ich jede Stelle deiner Haut ausgiebig mit Creme bedeckt habe, lasse ich meine Hände noch einmal über deine Hüften wandern und gebe dir einen sanften Klaps auf den Po. „So, das wäre erledigt," sage ich mit einem breiten Lächeln, während ich dir die Tube in die Hand drücke. „Jetzt bist du dran."

Du nimmst die Creme, aber ich sehe sofort an deinem schelmischen Grinsen, dass du deinen Spaß daran haben wirst, mich einzucremen. „Stell dich mal hin," forderst du mich auf, und ich gehorche ohne zu zögern. Mit einer auffälligen Langsamkeit trägst du die Creme auf meine Schultern auf, lässt deine Hände an meinen Armen entlang gleiten und massierst sie in meine Haut ein. Deine Berührungen sind forsch, aber zärtlich, und ich spüre, wie mein Puls sich beschleunigt, während du deine Bewegungen fortsetzt.

Als du meinen Rücken erreichst, lässt du dir genauso viel Zeit wie ich zuvor. Deine Finger gleiten über jede Linie, jeden Muskel, und ich merke, dass du die Berührung mindestens genauso genießt wie ich. Doch dann, mit einem verschmitzten Lächeln, lässt du die Creme an einer Stelle etwas kühler wirken. „Hey! Das ist Absicht!" protestiere ich lachend, aber du zuckst nur unschuldig mit den Schultern und fährst fort.

Deine Hände gleiten schließlich nach vorne, über meine Brust, und verweilen dort etwas länger. Deine Berührungen werden intensiver, und ich spüre, wie sich meine Muskeln unter deinen Fingern anspannen. Doch dann wanderst du tiefer, und ich weiß, was als Nächstes kommt. Du greifst nach meinem Becken, schiebst deine Finger ein Stück weiter hinab, bis deine Hand über mein bestes Stück gleitet. „Der braucht doch sicher auch Sonnenschutz," sagst du mit einem unschuldigen Lächeln, aber dein Blick verrät eindeutig, dass du genau weißt, was du tust.

Deine Berührungen werden fester, gezielter, und ich kann nicht anders, als ein leises Stöhnen von mir zu geben. Du spielst mit mir, reibst mich immer schneller, bis ich mich schließlich mit beiden Händen auf deinen Schultern abstützen muss, um die Kontrolle zu behalten. „Du bist unglaublich," murmele ich zwischen zusammengebissenen Zähnen, aber du lachst nur leise und machst weiter. Es dauert nicht lange, bis ich spüre, wie die Spannung in mir wächst, sich aufbaut, bis ich schließlich komme, mich in deiner Hand entlade, unfähig, es noch länger zurückzuhalten. Du siehst mich mit einem zufriedenen Lächeln an, während du meine Brust mit deinem Finger antippst. „Jetzt bist du bereit fürs Meer."

WELLEN DER LEIDENSCHAFT

Noch immer leicht atemlos schnappe ich mir meine Badesachen und ziehe sie an, bevor wir endlich nach draußen treten. Das Wasser funkelt wie flüssiges Gold unter der Sonne, und das Geräusch der sanft rollenden Wellen ist wie Musik für die Seele. Hand in Hand laufen wir den kurzen Weg zum Strand hinunter, und ohne zu zögern rennen wir ins Wasser, lachend, spritzend, wie zwei Verliebte, die alles um sich herum vergessen haben. Das warme, salzige Wasser umschließt uns, und wir tauchen ein in eine Welt, die nur uns beiden gehört.. .

Das warme Wasser umhüllt uns wie ein zärtlicher Mantel, während wir zusammen lachen, uns spielerisch bespritzen und die bunten Fische beobachten, die neugierig um uns herumschwimmen. Ihre schillernden Farben funkeln im Sonnenlicht, das sich wie ein glitzernder Teppich über die Wasseroberfläche legt. Der Sand unter unseren Füßen fühlt sich weich und samtig an, und die sanften Wellen schaukeln uns, als würden sie uns liebevoll in den Rhythmus des Meeres wiegen. Es ist ein Gefühl von Freiheit, Leichtigkeit und purer Lebensfreude, das uns beide erfasst.

Die Sonne scheint warm auf unsere Haut, die salzige Luft füllt unsere Lungen, und die leichte Brise streichelt unser Gesicht, sorgt für eine erfrischende Abkühlung. Doch nichts davon ist so betörend wie du – dein Lachen, dein strahlendes

Gesicht, der glitzernde Tropfen Wasser, der von deinem Kinn fällt, als du mich ansiehst. Es fühlt sich an, als wäre die ganze Welt still geworden, nur damit dieser Moment zwischen uns ungestört existieren kann.

Du schwimmst ein Stück von mir weg, drehst dich dann um und streckst mir die Zunge heraus. „Denkst du, du kannst mich fangen?" rufst du mit einem schelmischen Lächeln, das mich augenblicklich zum Jagen reizt. Ich springe durch das Wasser auf dich zu, und du quietschst lachend, während du versuchst, zu entkommen. Doch schon nach ein paar Zügen hole ich dich ein, meine Hände greifen nach deiner Taille, und ich ziehe dich sanft, aber bestimmt an mich heran.

Deine Beine schlingen sich um meine Hüften, und ich halte dich fest, deine nackte, nasse Haut gleitet gegen meine. „Gefangen," flüstere ich mit einem Lächeln, während ich dir tief in die Augen sehe. Unsere Körper sind so nah beieinander, dass ich deinen schnellen Herzschlag spüren kann. Du erwiderst meinen Blick, und für einen Moment scheint die Welt stillzustehen. Dann beugst du dich vor und deine Lippen finden meine.

Unser Kuss beginnt zärtlich, als wollten wir die Weichheit dieses Moments einfangen, doch er wird schnell intensiver, leidenschaftlicher. Ich halte dich sicher in meinen Armen, während du dich an mich drückst, deine Beine fest um meine Hüften geschlungen. Meine Hände gleiten über deinen Rücken, und ich kann fühlen, wie du dich mir hingibst, wie unsere Bewegungen im Einklang sind, als wären sie Teil des sanften Rhythmus der Wellen, die um uns spielen.

Du hast diesen schelmischen Blick in deinen Augen, den ich so sehr liebe. Plötzlich ziehst du meine Aufmerksamkeit auf dich, indem du dich leicht von mir löst, nur um mich mit einem listigen Grinsen zu necken. Ich spüre, wie du mit deinen Beinen vorsichtig an meiner Badehose spielst, sie zuerst nur leicht nach unten schiebst, als würdest du testen, wie weit du gehen kannst. „Was machst du da?" frage ich mit einem Lachen, aber ich mache keine Anstalten, dich aufzuhalten. Stattdessen bleibe ich regungslos, fasziniert von deinem Spiel, und lasse dich einfach gewähren.

Du ziehst meine Hose langsam weiter nach unten, deine Beine umklammern mich dabei noch immer fest, als würdest du nicht riskieren wollen, dass ich mich wehre. Doch ich tue nichts dergleichen. Deine Entschlossenheit und die spielerische Art, wie du deine Beine einsetzt, um mich auszuziehen, amüsiert und fasziniert mich gleichermaßen. Schließlich gleitet meine Badehose über meine Hüften und fällt ins Wasser, wo sie wie ein dunkler Schatten unter uns treibt.

Ich lache leise, während ich deinen Blick auffange, der vor Stolz und Verführung nur so strahlt. „Bist du jetzt zufrieden?" frage ich, während ich dich fester an mich ziehe. Du nickst nur und beißt dir leicht auf die Unterlippe, als würdest du überlegen, was dein nächster Schritt sein könnte. Doch ich gebe dir nicht die Gelegenheit, mich weiter zu überraschen. Mit einem plötzlichen Schritt nach vorne drücke ich dich gegen die sanfte Strömung des Wassers, sodass du dich eng an mich klammerst, unsere Körper nun noch näher beieinander.

„Und jetzt bist du dran," flüstere ich mit einem Lächeln, bevor ich meine Hände zu deiner Hüfte wandern lasse. Deine Bikinihose sitzt noch immer sicher an ihrem Platz, aber nicht mehr lange. Langsam schiebe ich sie nach unten, lasse meine Finger dabei leicht über deine Hüften gleiten, als würde ich den Moment dehnen wollen. Du lässt es zu, legst deine Arme um meinen Nacken, und ich spüre, wie du dich mir vollkommen hingibst. Schließlich gleitet auch dein Höschen ins Wasser, und für einen Moment sind wir beide völlig nackt, nur umgeben vom warmen Wasser des Meeres und der schützenden Einsamkeit der Natur.

Ich halte dich weiterhin fest, meine Hände stützen dich an deiner Taille, während du dich leicht bewegst, deine Beine fest um mich geschlungen. Unsere Blicke treffen sich erneut, und ich sehe in deinen Augen nicht nur Verlangen, sondern auch dieses tiefe Vertrauen, das uns verbindet. Ohne ein weiteres Wort beuge ich mich zu dir, und unsere Lippen finden sich wieder in einem Kuss, der all die Hitze und Leidenschaft dieser Momente entfacht.

Unsere Bewegungen werden synchron, wie ein Tanz, der nur uns beiden gehört. Das Wasser schwappt sanft um uns, und doch fühlen wir uns, als wären wir allein im ganzen Universum. Jeder Stoß, jede Berührung vertieft das Gefühl der Einheit zwischen uns, und der sanfte Widerstand des Wassers macht jede Bewegung noch intensiver. Es ist, als ob das Meer selbst unsere Verbindung verstärkt, uns wiegt und schützt, während wir uns vollkommen einander hingeben.

Dein Kopf lehnt sich an meine Schulter, und ich spüre deinen Atem, schwer und unregelmäßig, an meinem Hals. Meine Hände gleiten über deinen Rücken, stützen dich, während deine Hüften sich im Einklang mit meinen bewegen. Die Welt um uns herum verschwimmt, und nichts bleibt außer diesem einen Moment, in dem wir eins werden, getragen von der sanften Strömung und der Wärme des Wassers.

Als die Intensität schließlich ihren Höhepunkt erreicht, spüre ich, wie sich dein Körper anspannt, deine Fingernägel sich leicht in meine Haut graben, und ich weiß, dass du genauso tief in diesem Moment gefangen bist wie ich. Ein letztes Mal stoßen wir uns entgegen, und dann explodiert die Welt um uns herum in einem Sturm aus Lust und Ekstase. Deine Stimme, dein Körper, das Wasser, das uns umgibt – alles verschmilzt zu einem Gefühl, das sich unauslöschlich in mein Herz brennt.

Schwer atmend halten wir uns noch eine Weile umschlungen, unsere Körper noch immer eng miteinander verbunden. Schließlich, als unsere Atemzüge wieder ruhiger werden, lösen wir uns langsam voneinander, lachen leise und genießen die sanfte Umarmung des Meeres, das uns weiterhin schaukelt. Es ist ein Moment der puren Harmonie, des vollkommenen Glücks, den ich niemals vergessen werde.

IN DEN WELLEN DER LIEBE

Wir treiben langsam auf dem Rücken durch das warme, klare Wasser, unsere Körper vollkommen entspannt, während die sanften Wellen uns Richtung Strand tragen. Die Sonne steht hoch am Himmel, ihre Strahlen wärmen unsere Gesichter, und eine leichte Brise streicht über unsere Haut. Die Geräusche der Welt scheinen in diesem Moment gedämpft – nur das leise Plätschern des Wassers und das entfernte Rauschen der Palmen begleiten uns. Wir lassen uns einfach treiben, im wahrsten Sinne des Wortes, und genießen diese unbeschwerte Zeit zusammen, in der alles andere bedeutungslos scheint.

Als wir schließlich den flachen Strand erreichen, lassen wir uns in den feuchten Sand sinken. Das Wasser umspült noch unsere Beine, und der feine Sand klebt an unserer Haut, aber das kümmert uns nicht. Du legst deinen Kopf auf meine Brust, und ich streiche mit einer Hand durch dein Haar, während die andere deinen Rücken sanft umschließt. Es gibt Momente, in denen keine Worte nötig sind, und dies ist einer davon. Die Welt scheint stillzustehen, nur wir beide existieren, hier und jetzt, in diesem kleinen Paradies.

Nach einer Weile beginnen wir zu reden, unsere Stimmen mischen sich mit dem sanften Rauschen der Wellen. Unsere Gespräche gleiten von einem Thema zum nächsten, von tiefgründigen Gedanken über die Natur der Liebe bis hin zu albernen

Erinnerungen, die uns beide zum Lachen bringen. Es ist erstaunlich, wie leicht es ist, mit dir zu reden, wie natürlich alles fließt, als wären unsere Seelen schon seit Ewigkeiten miteinander verbunden. Dein Lachen ist wie Musik in meinen Ohren, und jedes Mal, wenn ich dich anlächle, spüre ich die Wärme deiner Liebe.

Die Zeit vergeht wie im Flug, und als die Sonne sich langsam dem Horizont nähert und der Himmel sich in warmen Orangetönen färbt, entscheiden wir, zurück zur Hütte zu gehen. Das Salz auf unserer Haut, der Sand zwischen unseren Zehen und die Müdigkeit in unseren Gliedern erinnern uns daran, wie erfüllt dieser Tag schon war.

Zurück in der Hütte lasse ich mich aufs Sofa fallen, noch immer das Glück des Tages in mir spürend. Die weichen Kissen, die kühle Luft und die wohltuende Erschöpfung lassen mich schnell in einen leichten Schlaf gleiten. Während ich die Augen schließe, spüre ich, wie du mich mit einem liebevollen Kuss auf die Stirn verabschiedest.

„Ich gehe noch ein bisschen shoppen", flüsterst du leise, um mich nicht zu wecken. „Ich will etwas Schönes für heute Abend finden." Deine Stimme ist sanft, fast wie ein Teil meines Traums, und ich lächle, auch wenn ich die Augen geschlossen halte.

Als ich später aufwache, spüre ich, dass du nicht mehr da bist. Die Hütte ist ruhig, und ein sanftes Licht fällt durch die Fenster, während die Sonne draußen langsam untergeht. Mein Blick fällt auf einen kleinen Zettel, den du neben mich auf das Sofa gelegt hast. Deine elegante Handschrift bringt ein Lächeln auf mein Gesicht, als ich ihn lese:

„Ich habe mir ein neues Outfit für heute Abend ausgesucht und freue mich darauf, es dir zu zeigen. Wir treffen uns im Restaurant. Zieh bitte etwas Schickes an – ich möchte, dass wir heute Abend besonders aussehen. Bis später, mein Schatz. Ich kann es kaum erwarten, dich zu sehen."

Ich halte den Zettel einen Moment in der Hand, lasse meine Finger über die Buchstaben gleiten, als könnte ich dadurch einen Teil deiner Energie spüren. Meine Gedanken wandern zu dir – ich stelle mir vor, wie du durch die kleinen Boutiquen schlenderst, wie dein Blick durch die Kleidung streift, während du dir überlegst, was dir gefallen könnte, was mir gefallen könnte. Ich kann es kaum erwarten, dich zu sehen, in diesem neuen Outfit, mit diesem Lächeln, das jeden Raum erhellt.

Langsam erhebe ich mich vom Sofa, spüre die Vorfreude in mir wachsen. Ich gehe ins Bad, dusche schnell und lasse das warme Wasser die letzten Spuren von Salz und Sand von meiner Haut spülen. Als ich fertig bin, öffne ich meinen Koffer und suche nach dem, was ich für den Abend anziehen möchte. Ich entscheide mich für ein weißes Leinenhemd, leicht und perfekt für die tropische Atmosphäre, dazu eine dunkle Hose und ein Paar elegante Lederslipper. Ich binde mein Haar locker zurück und werfe einen letzten Blick in den Spiegel, bevor ich mich auf den Weg mache.

Der Weg zum Restaurant ist wunderschön – die Luft ist erfüllt von den Düften tropischer Blüten, die Wege sind von Fackeln erleuchtet, und das sanfte Murmeln des Meeres begleitet jeden meiner Schritte. Als ich das Restaurant erreiche, sehe ich dich bereits dort stehen, am Eingang, dein Gesicht strahlend, dein neues Outfit wie eine Erweiterung deiner Schönheit. Mein Herz schlägt schneller, und ich weiß, dass dieser Abend unvergesslich wird.

ROTES VERLANGEN

Im Restaurant angekommen, empfängt mich eine Szenerie, die wie aus einem romantischen Traum entsprungen ist. Der Tisch, wunderschön unter freiem Himmel gedeckt, thront auf einer erhöhten Terrasse mit einem atemberaubenden Blick auf das sanft beleuchtete Meer. Das Wasser glitzert wie ein funkelnder Teppich aus Diamanten, während Fackeln und Kerzen die Umgebung in ein warmes, goldenes Licht tauchen. Die Luft ist erfüllt vom Duft exotischer Blumen, einer salzigen Meeresbrise und einem Hauch von Holzrauch der Fackeln. Es ist, als hätte die Welt sich verschworen, diesen Moment perfekt zu machen.

Ich nehme Platz, bestelle ein kühles Getränk und lasse meinen Blick über die Szenerie schweifen. Die Sonne neigt sich langsam dem Horizont entgegen, ihre glühenden Farben malen ein kunstvolles Gemälde in den Himmel. Ich atme tief ein und genieße diesen Moment der Ruhe und Vorfreude – doch nichts hätte mich auf das vorbereiten können, was als Nächstes passiert.

Du trittst in Erscheinung, und die Welt um mich herum scheint stillzustehen. Mein Atem stockt, und für einen Moment bin ich völlig überwältigt. Dein Anblick ist eine Offenbarung. Deine Haare sind locker hochgesteckt, ein paar sanfte Strähnen umrahmen dein Gesicht und lassen dich strahlen. Deine roten

Lippen sind perfekt geschwungen, verführerisch und unwiderstehlich, und deine rot lackierten Fingernägel setzen elegante Akzente. Doch es ist dein Kleid, das mich endgültig aus der Fassung bringt – ein langes, eng anliegendes, rotes Meisterwerk, das sich wie eine zweite Haut an deinen Körper schmiegt. Der hohe Schlitz an der Seite gibt den Blick auf deine makellosen Beine frei, während der tiefe Rückenausschnitt deine sinnlichen Kurven bis hinunter zu deinem Po betont.

Dein Gang ist selbstbewusst, jedes Detail deines Erscheinens ist wie eine Inszenierung purer Eleganz und Erotik. Die schwarzen High Heels, die du trägst, verleihen dir eine Haltung, die dich wie eine Göttin erscheinen lässt. Und dann der kleine, kaum sichtbare Abdruck deines Höschenstoffs unter dem Kleid – ein subtiler Hinweis, der meine Fantasie in Flammen setzt. Du bist nicht nur die schönste Frau hier – du bist die schönste Frau, die ich je gesehen habe. Und das Beste daran: Du bist hier, mit mir.

Ich erhebe mich, kann den Blick nicht von dir abwenden, gehe auf dich zu, als hätte ich keine andere Wahl. Ohne zu zögern nehme ich dein Gesicht in meine Hände, küsse dich leidenschaftlich und flüstere an deinen Lippen, wie umwerfend du aussiehst. „Du raubst mir den Verstand," sage ich, und mein Herz schlägt schneller, als du lächelnd antwortest: „Das ist genau, was ich wollte." Wir gehen gemeinsam zu unserem Tisch, und als du Platz nimmst, ist es, als würde die ganze Welt erstrahlen.

Der erste Gang wird serviert, eine delikate Komposition, die jedoch kaum meine Aufmerksamkeit fesselt. Ich kann den Blick nicht von dir lassen, beobachte jede deiner Bewegungen, jede Geste, jeden Blick. Deine Lippen umspielen den Rand deines Weinglases, und die Art, wie du das Besteck hältst, wirkt wie ein Tanz, den nur du beherrschst. Es ist fast unmöglich, mich auf das Essen zu konzentrieren, doch wir genießen die Momente des Lächelns und des neckischen Austauschs.

Während die Teller abgeräumt werden, überrascht du mich erneut. Du legst einen deiner Füße, noch in den eleganten High Heels, ganz langsam auf meinen Schoß und siehst mir mit einem Blick in die Augen, der nichts anderes als pure Verführung ausdrückt. Deine Zehen wippen leicht, und die roten Nägel, die durch die offenen Schuhe blitzen, passen perfekt zu deinen Lippen. „Gefällt dir, was du siehst?" fragst du mit leiser Stimme. Ich nicke, während mein Puls sich beschleunigt, und du legst nach: „Willst du mir den Schuh ausziehen?" Meine Antwort kommt sofort: „Unbedingt." Doch als ich danach greifen will, ziehst du deinen Fuß mit einem schelmischen Lächeln zurück. „Nicht so schnell", sagst du, und ich weiß, dass du mich testen willst.

Der zweite Gang wird serviert, doch mein Fokus liegt weiterhin bei dir und deinem Spiel. Deine Fußspitze streicht hin und wieder ganz zufällig über meinen Oberschenkel, und ich spüre, wie sich eine prickelnde Hitze in mir ausbreitet. Du genießt es offensichtlich, mich aus der Fassung zu bringen, und dein Lächeln verrät, dass du jeden Moment deiner Macht über mich auskostest.

In der Pause zwischen den Gängen erhebst du dich und gehst zur Toilette, während ich sitzen bleibe, bestelle noch ein Getränk und versuche, meine wachsende Erregung unter Kontrolle zu bringen. Als du zurückkommst, hältst du einen kleinen Stofffetzen in deiner Hand, den du mir ganz diskret unter den Tisch reichst. Es ist dein Höschen, leicht feucht, und der Duft, der von ihm ausgeht, erfüllt mich mit einem Verlangen, das kaum zu bändigen ist. Du siehst mich an, lehnst dich vor und flüsterst: „Vielleicht sollten wir das Essen schnell beenden und zurück zur Hütte gehen?" Doch ich erkenne den spielerischen Ton in deiner Stimme und weiß, dass du es nicht ernst meinst. Du willst mich nur noch mehr quälen.

Mit dem nächsten Gang wird die Spannung zwischen uns fast unerträglich. Du isst genussvoll, lehnst dich zurück und leckst bei jedem Bissen deine Lippen oder deine Finger ab. Jede deiner Bewegungen scheint mit Bedacht gemacht, um mich in den Wahnsinn zu treiben. Schließlich ziehst du tatsächlich einen deiner Schuhe aus und streichelst mit deinem nackten Fuß ganz langsam mein Bein hinauf. Mein Atem wird schwerer, und ich kämpfe darum, die Fassung zu bewahren, doch ich weiß, dass du genau merkst, wie du mich erreichst.

Als der letzte Gang serviert wird, siehst du mich mit einem Blick an, der mir versichert, dass dieser Abend noch lange nicht vorbei ist. Du tunkst eine Erdbeere in die Schokosoße, führst sie langsam zu deinen Lippen, hältst inne, bevor du sie in den Mund nimmst, und lässt mich jedes Detail deiner Bewegungen beobachten. Als du fertig bist, reichst du mir deine Finger, nur um sie im letzten Moment zurückzuziehen. Deine Finger wandern zu deinem Schoß, verschwinden einen Moment, bevor du sie mir doch anbietest. Ich ergreife die Gelegenheit, nehme deine Finger in meinen Mund und schmecke nicht nur die Schokolade, sondern auch dich.

Die Teller werden abgeräumt, und wir sind endlich frei zu entscheiden, was als Nächstes passiert. Deine Augen funkeln vor Vorfreude, mein Körper ist angespannt vor Verlangen. Gehen wir an die Bar, tanzen wir, oder entfliehen wir zurück zur Hütte, um die Spannung zwischen uns endgültig zu lösen? Jeder Moment mit dir fühlt sich an, als wäre er mit purer Magie durchdrungen. Und ich weiß, egal, wie der Abend endet, er wird unvergesslich sein.

TANZ DER VERFÜHRUNG

Die Atmosphäre auf der Tanzfläche ist hypnotisierend, ein wahres Schauspiel für die Sinne. Der Boden aus klarem Glas schwebt über einem kleinen, glitzernden Fluss, der sanft unter uns hindurchfließt. Das Wasser wird von einem künstlichen, farbenfroh beleuchteten Wasserfall gespeist, dessen Rauschen in perfektem Einklang mit der pulsierenden Musik steht. Überall reflektieren die bunten Lichter, tanzen über das Wasser und die Gesichter der Menschen, die sich hier versammelt haben. Um die Tanzfläche herum bieten elegante Sessel, bequeme Sofas und hohe Barhocker einladende Plätze zum Ausruhen, während die Bar, glänzend und gut bestückt, Cocktails und Drinks für jeden Geschmack bereitstellt.

In der Mitte thront der DJ in einem gläsernen Podest, umgeben von Wasser, ein visueller Mittelpunkt, der von der Menge gefeiert wird. Die Musik, die er auflegt, ist eine elektrisierende Mischung aus Latin, Techno, Pop und Rock, gelegentlich unterbrochen von einem sinnlichen Tango oder einem langsamen Liebeslied, das die Stimmung im Raum verändert. Alles hier schreit nach Leidenschaft, Lebensfreude und der Lust, den Moment in vollen Zügen zu genießen.

Wir machen es uns auf einem der weichen Sofas am Rand der Tanzfläche bequem, deine Hand ruht auf meinem Arm, dein Bein liegt lässig über meinem. Du wirkst vollkommen entspannt und gleichzeitig voller Energie, bereit für alles, was dieser Abend noch bringen mag. Ich bestelle uns Cocktails, einen fruchtigen Mojito für dich und einen Old Fashioned für mich. Wir stoßen an, und unsere Gläser klirren leise, fast unmerklich gegen die Musik.

Meine Hand gleitet langsam über dein Bein, spürt die weiche, warme Haut, die durch den Schlitz deines Kleides enthüllt wird. Du reagierst nicht, jedenfalls nicht mit Worten, doch dein Blick, dieses leichte, schelmische Lächeln, verrät, dass du jede Berührung genießt. Meine Finger streichen weiter nach oben, über deinen Oberschenkel, und ich spüre die Wärme deines Körpers, die sich mit jeder Sekunde intensiviert. Du ziehst deinen Körper ein wenig näher an meinen, deine Lippen berühren sanft mein Ohr, als du flüsterst: „Ich will tanzen."

Nachdem wir unsere Cocktails geleert haben, ziehst du mich mit einer sanften, aber bestimmten Bewegung von der Couch auf die Tanzfläche. Die Musik ist schnell und kraftvoll, ein mitreißender Rhythmus, der uns sofort erfasst. Unsere Körper bewegen sich synchron, deine Hüften schwingen verführerisch im Takt, und ich kann den Blick nicht von dir lösen. Dein Kleid, das bei jeder Drehung und Bewegung deinen Körper umspielt, die schimmernden High Heels, die deinen Gang so anmutig machen, und dein selbstbewusstes Lächeln – all das lässt den Rest der Welt um uns verblassen.

Ich tanze dich an, ziehe dich an mich heran, nur um dich im nächsten Moment wieder loszulassen, dich beobachten zu können. Deine Bewegungen sind wie ein Spiel, ein ständiges Wechselspiel aus Nähe und Distanz, das mich magisch anzieht. Du weißt genau, was du tust, und ich kann nur bewundern, wie sicher und selbstbewusst du dich bewegst. Die Musik scheint für alle anderen da zu sein, doch für uns ist sie nur die Leinwand, auf der wir unsere eigene Geschichte schreiben.

Dann wechselt der DJ zu einem langsameren Lied, die Lichter auf der Tanzfläche werden gedimmt, und ich ziehe dich in meine Arme. Wir tanzen eng umschlungen, unsere Körper so nah, dass ich deinen Herzschlag spüren kann. Meine Hände gleiten über deinen Rücken, streichen über den tief ausgeschnittenen Stoff deines Kleides, und unsere Lippen finden sich in einem zärtlichen, intensiven Kuss. Die Zeit verliert ihre Bedeutung, wir lassen uns von der Musik tragen, von der Nähe zueinander, vom Augenblick.

Allmählich leert sich die Tanzfläche, die Bar kündigt die letzte Runde an, doch du hast noch lange nicht genug. Dein Blick ist voller Feuer, und ich spüre, dass du noch etwas vorhast. Ohne ein Wort ziehst du mich mit dir, zielst auf eine kleine Tribüne am Rande der Tanzfläche, auf der eine glänzende Tanzstange montiert ist. Die Lichter scheinen speziell auf diesen Bereich fokussiert zu sein, und ich ahne, was du vorhast.

Mit einer anmutigen Bewegung greifst du nach der Stange, schlingst deinen Körper darum und beginnst, dich zu bewegen. Deine Bewegungen sind fließend, verführerisch, jede Drehung, jede Biegung deines Körpers scheint perfekt abgestimmt zu sein. Mein Atem stockt, als ich sehe, wie dein Kleid bei jeder Bewegung leicht nach oben rutscht, mehr von deiner nackten Haut enthüllt. Es dauert nur einen Moment, bis ich bemerke, dass du tatsächlich kein Höschen trägst, und dieser Gedanke lässt mein Verlangen ins Unermessliche steigen.

Du hältst den Blickkontakt mit mir, während du dich um die Stange drehst, dein Körper wie in einem sinnlichen Tanz. Schließlich streckst du die Hand nach mir aus und ziehst mich zu dir. Unsere Körper treffen sich wieder, doch die Stange bleibt zwischen uns, ein Symbol für die Spannung, die zwischen uns knistert. Du bewegst dich um sie herum, während ich dir folge, unser Tanz wird zu einem Spiel, einer Jagd, bei der ich nur ein Ziel habe: dich zu fangen.

Als ich dich schließlich in meinen Armen halte, vergeht kein Augenblick, bis unsere Lippen sich wiederfinden. Der Kuss ist voller Leidenschaft, voller Verlangen, und ich spüre, wie dein Körper auf meinen reagiert. Mit einer schnellen Bewegung drehe ich dich um, presse dich mit deinem Rücken an mich, während meine Hände dein Kleid nach oben schieben. Mein Atem geht schwer, meine Finger finden den Weg zu meiner Hose, die ich mit einer entschlossenen Bewegung öffne.

Dein Stöhnen, als ich in dich eindringe, ist das schönste Geräusch, das ich je gehört habe. Es vermischt sich mit der leisen Musik, die im Hintergrund noch immer spielt, und mit dem rhythmischen Rauschen des Wasserfalls. Unsere Bewegungen passen sich dem Takt der Musik an, unsere Körper verschmelzen miteinander, und ich verliere mich in dir, in diesem Moment, der gleichzeitig wild und intim ist. Meine Hände umschließen deine Hüften, ziehen dich näher zu mir, während meine Lippen deinen Nacken finden, deinen Hals küssen, dich tiefer in dieses Feuer ziehen, das zwischen uns brennt.

Jeder Stoß, jeder Kuss, jede Berührung lässt die Welt um uns herum weiter verblassen, bis nichts mehr existiert außer uns beiden.

STÜRMICHE LEIDENSCHAFT UN-
TER DEM MOND

Der Sand unter unseren Füßen ist noch warm von der Hitze des Tages, während wir barfuß am Strand entlangschlendern, die Fackeln hinter uns zurücklassend. Der Wind trägt das Rauschen der Wellen zu uns herüber, und die silbrigen Lichtreflexe des Mondes tanzen verführerisch auf der Wasseroberfläche.

Plötzlich lachst du leise, reißt dich von mir los und ziehst dein Kleid über den Kopf. Dein nackter Körper leuchtet im Schein des Mondes, deine Augen funkeln schelmisch. „Na, traust du dich oder bist du ein Feigling?" rufst du mir zu, bevor du ins Meer rennst. Deine Stimme hallt über das Wasser, während du dich spielerisch in den Wellen wiegst.

Natürlich lasse ich das nicht auf mir sitzen. Ich ziehe mich ebenfalls nackt aus, werfe meine Kleidung achtlos auf den Sand und folge dir in die dunklen Fluten. Das Wasser ist warm und weich, umhüllt uns wie ein lebendiges Wesen. Immer wieder versuchst du, mir zu entkommen, tauchst unter, glitschst mir durch die Finger, doch schließlich bekomme ich dich zu fassen. Meine Hände umschließen deinen Fuß, und mit einem Lachen ziehe ich dich an mich heran. Gerade will ich dich küssen, als eine gewaltige Welle über uns hereinbricht und uns mit ungebändigter Kraft an Land spült. Wir rollen über den Sand, lachen atemlos, während das Meer sich mit donnerndem Getöse zurückzieht.

Der Wind frischt auf, wirbelnd jagt er über den Strand, und in der Ferne zucken Blitze am Horizont. Das erste Donnergrollen lässt die Luft vibrieren, während unsere Kleidung verstreut am Ufer liegt. Ich sehe mich um und bemerke, dass einer deiner High Heels vom Meer verschluckt wurde. „Scheint, als hätte das Meer einen Schatz gefunden," bemerke ich grinsend, während du deine restlichen Sachen aufhebst. „Ich hoffe, es weiß ihn zu schätzen."

Nackt, mit nassen Kleidungsstücken in den Händen, laufen wir zurück zu unserer Hütte, der warme Sand unter unseren Füßen, die feuchte Brise auf unserer Haut. Der Himmel wird dunkler, das nahende Gewitter sorgt für eine fast magische Atmosphäre. Tropfen fallen auf unsere heißen Körper, ein sanfter Regen, der sich bald in ein stärkeres Prasseln verwandelt. Die Natur feiert mit uns, tanzt mit den Elementen – und wir sind ein Teil dieses wundervollen Spektakels.

Kaum in der Hütte angekommen, gehen wir gemeinsam unter die Dusche. Das warme Wasser spült den feinen Sand von unserer Haut, während wir uns gegenseitig einseifen. Deine Hände gleiten über meine Brust, meinen Rücken, während meine Finger sanft über deine Taille und deinen Po streichen. Unsere Berührungen sind jetzt sanfter, liebevoller, ein Kontrast zur Wildheit des Strandes. Wir nehmen uns Zeit, genießen jeden Moment, jeden Blick, jede Berührung.

Beim Abtrocknen helfen wir uns gegenseitig, lachen, necken uns, während unsere Körper noch von der intensiven Wärme der vergangenen Stunden pulsieren. Du schlüpfst in ein langes, hellorangenes Shirt, das durch das nasse Licht des Regens leicht durchsichtig wird. Du hältst dein weißes Höschen in der Hand, überlegst einen Moment, doch mit einem verschmitzten

Lächeln legst du es einfach beiseite. „Wozu?" murmelst du und zwinkerst mir zu.

Ich bleibe nackt, lasse mich von dir aus dem Bad schieben, während du noch kurz auf die Toilette gehst. Ich trete hinaus auf die Veranda, setze mich hin und atme tief ein. Das Gewitter kommt näher, der Himmel ist in ein faszinierendes Spiel aus Licht und Dunkelheit getaucht. Der Geruch von Regen, Salz und warmer Erde füllt die Luft, und die Wellen brechen mit kraftvollem Tosen an den Strand.

Nach kurzer Zeit kommst du zu mir, setzt dich zwischen meine Beine und lehnst dich an meine Brust. Ich schlinge meine Arme um dich, küsse dein Haar, streiche mit einer Hand sanft über deinen Po, während meine andere in deine Haare fährt. Dein Körper entspannt sich, und ich spüre, wie deine Atemzüge ruhiger werden. „Ich liebe das Geräusch von Regen und Meer," murmelst du leise. „Und dich."

Mein Herz klopft ruhig und erfüllt, während ich dich noch enger an mich ziehe. Ich genieße den Moment, jedes kleine Detail – den sanften Druck deines Körpers gegen meinen, die Wärme deiner Haut, das beruhigende Geräusch deines Atems. Nach einer Weile wird dein Körper schwerer, dein Atem gleichmäßiger. Du bist eingeschlafen.

Behutsam nehme ich dich auf meine Arme, trage dich hinein und lege dich ins Bett. Ich krieche zu dir, schmiege mich an dich, unsere Körper finden wie von selbst zueinander. Während der Regen weiter auf das Dach unserer Hütte trommelt, fallen meine Augen langsam zu. Ich spüre deine Wärme, deinen Herzschlag gegen meinen, und mein letzter Gedanke, bevor ich ins Reich der Träume gleite, ist:

Ich könnte mir keinen besseren Ort, keinen besseren Moment und keine bessere Frau an meiner Seite wünschen.

MORGENTANZ AUS LICHT UND LEIDENSCHAFT

Es gibt keinen schöneren Morgen, als den mit dir. Die ersten Sonnenstrahlen fluten das Zimmer mit ihrem warmen Licht und lassen die letzten Schatten der Nacht verschwinden. Neben mir liegt dein Körper, weich, warm und vollkommen entspannt. Dein Atem geht ruhig, dein Gesicht wirkt friedlich, während du noch tief schläfst. Ich genieße diesen Anblick für einen Moment, bevor ich die Hitze auf meiner Haut spüre – die Wärme des Morgens, kombiniert mit der noch spürbaren Hitze unserer gemeinsamen Nacht. Mein Körper ist leicht verschwitzt, und ich entschließe mich, unter die Dusche zu gehen, um mich zu erfrischen.

Das kühle Wasser prasselt auf meine Haut, erfrischt mich und vertreibt die letzten Spuren der Müdigkeit. Doch gerade, als ich das Shampoo in meine Haare einmassiere, reißt der Duschvorhang mit einem Ruck auf. Ein lauter Schrei entweicht mir, und ich weiche erschrocken zurück, nur um dich dann lachend vor mir stehen zu sehen. Deine Augen funkeln voller Schalk, während du dir kaum das Lachen verkneifen kannst.

„Das war unfair," murmele ich grummelnd, während ich mich abdusche und mit einem Handtuch abrubbele. „Das war perfekt," erwiderst du mit einem frechen Grinsen. Ich kann nur den Kopf schütteln und verlasse das Bad, um in der Küche

Kaffee zu kochen. Während die Maschine ihr leises Gluckern von sich gibt, denke ich darüber nach, wie sehr ich dieses verspielte, unbeschwerte Zusammensein mit dir liebe.

Mit zwei dampfenden Tassen kehre ich zurück, nur um dich auf der Veranda zu finden. Du stehst dort, dein Blick auf das endlose Meer gerichtet, während der Wind sanft mit deinen Haaren spielt. Dein Shirt wird leicht von der Brise umschmeichelt, und dein nackter Körper darunter zeichnet sich subtil ab. Ein Anblick, der mich für einen Moment sprachlos macht.

Ich stelle die Tassen leise auf den kleinen Tisch und schleiche mich von hinten an dich heran. Meine Arme schließen sich sanft um deine Taille, meine Lippen finden den Weg zu deinem Hals und hinterlassen sanfte, kühle Küsse. Du seufzt leise und streckst die Arme aus, während du mit geschlossenen Augen ins Meer blickst.

„Ich fliege!" rufst du mit spielerischer Begeisterung.

Ein Grinsen breitet sich auf meinem Gesicht aus. „Na dann, flieg!" Und bevor du auch nur protestieren kannst, hebe ich dich schwungvoll hoch und werfe dich mit einer eleganten Bewegung ins Wasser. Dein erschrockener Ausdruck lässt mich lauthals lachen – bis du wieder auftauchst und mir einen finsteren Blick zuwirfst. Doch dein gespielter Ärger verfliegt schnell, als ich ins Wasser springe und du erneut lachst.

Wir stehen uns im seichten Wasser gegenüber, das uns bis zur Hüfte reicht. Dein nasses Shirt klebt an deinem Körper, enthüllt die Kurven, die ich so sehr liebe. Vor allem deine dunklen Nippel, die sich unter dem durchsichtigen Stoff abzeichnen, ziehen meinen Blick magisch an. Mit ausgestreckten Armen signalisiere ich dir, zu mir zu kommen.

Du läufst an, springst in meine Arme – doch ich verliere das Gleichgewicht, und gemeinsam plumpsen wir zurück ins Wasser. Unsere lachenden Stimmen mischen sich mit dem Rauschen der Wellen. Ich versuche es erneut, fange dich diesmal sicher auf und hebe dich hoch, deine Beine baumeln frei in der Luft.

„Du wolltest doch fliegen," necke ich, während ich dich hochhalte und mit dir spiele. Du kreischst vor Freude, lachst und schlägst spielerisch auf meine Schultern, bevor ich dich wieder sanft ins Wasser setze.

Nach unserem erfrischenden Bad kehren wir zurück zur Hütte. Du ziehst dein nasses Shirt über den Kopf und lässt es achtlos zu Boden fallen, während ich dich beobachte. Der Anblick deines nackten Körpers in der Sonne lässt mein Herz schneller schlagen, meine Erregung ist nicht zu übersehen. Doch du hast heute deinen verspielten Tag und neckst mich nur weiter. Schließlich schlägst du vor, dass wir uns anziehen und frühstücken.

Als wir uns anziehen, entdecke ich den einsamen Schuh von letzter Nacht, und dein Gesichtsausdruck spricht Bände. „Wir brauchen neue Schuhe," sagst du trocken, und ich kann nur nicken

SCHATTEN DER VERSUCHUNG

Händchen haltend schlendern wir die Promenade entlang zum exklusiven Schuhshop. Ein plötz licher Windstoß hebt dein Kleid an, und für einen Moment kann ich deinen nackten Po sehen. Sofort merke ich, wie sich eine spürbare Beule in meiner Hose bildet. Du drehst dich leicht zu mir um, hast meinen Blick bemerkt, und deine Lippen verziehen sich zu einem verführerischen Lächeln.

Im Laden setzt du dich auf einen gepolsterten Stuhl und gibst mir eine mehr oder weniger klare Anweisung, nach welchen Schuhen ich suchen soll. Während ich verschiedene Paare hole, legst du spielerisch deine Beine übereinander – nur um sie kurz darauf wieder zu öffnen. Ich bemerke sofort, dass du noch immer kein Höschen trägst, und der Anblick macht mich wahnsinnig.

Um einen besseren Blick zu erhaschen, knie ich mich vor dich hin. Deine feuchte Spalte blitzt nur kurz auf, doch es reicht, um mich noch mehr in den Wahnsinn zu treiben. Ich genieße es, dir die Schuhe anzuziehen, mich wie der Königssohn zu fühlen, der Aschenputtel den perfekten Schuh reicht. Das Ganze erregt mich mehr, als es sollte – Füße sind für mich etwas Wunderschönes, und die Tatsache, dass du mir dieses Spiel so leicht machst, macht es umso intensiver.

Mit neuen Schuhen schlendern wir weiter und werden von einem jungen Mann angesprochen, der uns zu einem besonderen Event einlädt. Zwei Zettel hält er uns hin – ein blauer für einen entspannten Workshop, ein roter für ein adrenalingeladenes Abenteuer. Überraschenderweise entscheidest du dich für den blauen: ein Töpferworkshop.

Ich stecke dennoch den roten ein. Der Tag ist noch lang.

Beim Töpferkurs sitzen wir an einer Drehscheibe mit feuchtem Ton, unsere Hände gleiten über das Material. Ich konzentriere mich darauf, einen Becher zu formen – bis ich zu dir schaue. Du massierst und formst da nicht etwa eine Schale, sondern etwas, das eindeutig nach einem Phallus aussieht.

Die Kursleiterin lobt mich, wirft dir jedoch einen vielsagenden Blick zu. „Vielleicht kann Ihr Mann Ihnen helfen?" schlägt sie freundlich vor. Ich grinse, setze mich hinter dich und umfasse deine Taille. Unsere Hände führen nun gemeinsam das formbare Material, während ich dir sanft ans Ohr flüstere und deine Haut mit Küssen versehe. Doch du bist so abgelenkt, dass der Tonklumpen zwischen deinen Händen zerdrückt wird. Die Kursleiterin sieht wenig amüsiert aus – und kurz darauf werden wir aus dem Kurs verwiesen.

Lachend verlassen wir das Atelier und kehren ins Restaurant zum Mittagessen ein. Während wir auf das Essen warten, hole ich den roten Zettel heraus – ein Ausflug ins Inselinnere, mit Wasserfällen, Höhlen und den Ruinen einer alten Militärbasis. Du bist skeptisch, doch ich schlage vor, die Nacht dort zu verbringen.

„Klingt verrückt," sagst du, aber du sagst zu.

Während ich nachdenklich mit meinem Kartoffelpüree spiele, rutsche eine Spaghetti von deinem Teller. Ich nehme ein Ende in den Mund, halte dir das andere hin. Du schaust mich an, schüttelst lächelnd den Kopf und sagst: „Schon gut. Ich weiß, wie das endet."

Über einen schmalen, gewundenen Trampelpfad schlendern wir durch das üppige Grün der Insel, umgeben von einer Farbenpracht, die unsere Sinne berauscht. Die Natur scheint sich hier in ihrer schönsten Form zu zeigen – exotische Blumen in leuchtendem Rot, Gelb und Violett blühen entlang des Weges und verströmen einen betörenden Duft, der süß und verführerisch in der warmen, tropischen Luft liegt. Bunte Schmetterlinge, so zart wie fliegende Juwelen, flattern um uns herum, als wollten sie uns den Weg weisen. Die sanfte Brise trägt das entfernte Rauschen der Wellen und das melodische Zwitschern fremdartiger Vögel zu uns herüber. Es ist, als wären wir in einem verwunschenen Paradies, einem Ort fernab der Realität, an dem nur wir beide existieren.

Nach einer Weile erreichen wir eine kleine Anhöhe. Von hier aus erstreckt sich das Meer endlos vor uns, sein tiefes Blau verschmilzt am Horizont mit dem Himmel. Das Wasser glitzert in der untergehenden Sonne, die wie ein flammendes Juwel über dem Ozean schwebt. Der Anblick ist atemberaubend – ein perfekter Ort für einen romantischen Sonnenuntergang. Doch unsere Abenteuerlust treibt uns weiter.

Ein Hotelmitarbeiter hatte uns von einem abgelegenen Lager erzählt, das alles Nötige für eine Nacht im Dschungel bietet: bequeme Betten in einem geräumigen Zelt, ausreichend

Verpflegung und eine gemütliche Feuerstelle. Uns wurde versichert, dass wir die einzigen Abenteurer sind, die sich heute dorthin aufmachen. Von diesem Lager aus sollen wir schnell den Wasserfall oder sogar den Krater eines erloschenen Vulkans erreichen können.

Je tiefer wir in den Dschungel vordringen, desto intensiver wird die Spannung. Bald hören wir ein donnerndes Rauschen – ein tiefes, rhythmisches Geräusch, das zwischen den Bäumen widerhallt. Unsere Blicke treffen sich, voller Vorfreude. „Das muss der Wasserfall sein", sage ich, während ich deine Hand fester halte.

Die Geräusche führen uns zu einer versteckten Lichtung, wo sich ein kleiner, paradiesischer See vor uns ausbreitet. Hohe, dichte Bäume umgeben das Wasser auf der einen Seite, während sich auf der anderen eine steile Felswand erhebt. Aus dieser stürzt sich der Wasserfall majestätisch in die Tiefe, sein weißer Schleier leuchtet in der Abendsonne. Das Wasser ist erstaunlich klar – kristallblau, als hätte jemand einen funkelnden Edelstein in den See gelegt. Obwohl der herabstürzende Wasserfall eigentlich Sand und Schlamm aufwirbeln müsste, bleibt das Wasser fast surreal sauber und einladend.

Ich spüre die Versuchung, einfach nackt ins Wasser zu springen, um die Erfrischung auf meiner Haut zu spüren. Doch zuerst müssen wir unser Lager für die Nacht vorbereiten.

Nach einem kurzen Marsch durch das dichte Unterholz erreichen wir unser Ziel. Mehrere große Zelte gruppieren sich um eine zentrale Feuerstelle, die von sorgfältig aufgeschichteten Steinen umgeben ist. Das Lager wirkt gepflegt, fast luxuriös – ganz anders, als ich es mir vorgestellt hatte. In unserem Zelt erwartet uns tatsächlich ein richtiges Bett, und während ich die weiche Matratze teste, kann ich mir nicht verkneifen zu grinsen. „Abenteuer habe ich mir ein wenig anders vorgestellt," sage ich schmunzelnd, während du mich mit einem vielsagenden Blick ansiehst.

Nachdem wir uns eingerichtet haben, bleibt noch etwas Zeit bis zum Sonnenuntergang. Unweit des Lagers entdecken wir alte, verlassene Gebäude, überwuchert von Ranken und fast vollständig von der Natur zurückerobert. Mein innerer Entdeckergeist erwacht. „Das müssen die Ruinen der alten Militäranlage sein," sage ich fasziniert. „Komm, lass uns sie erkunden."

Du zögerst, doch schließlich folgst du mir. Durch ein zerbrochenes Fenster klettern wir ins Innere eines der Gebäude. Die Luft ist abgestanden, ein Hauch von feuchtem Beton und altem Metall liegt darin. Der Raum ist spärlich möbliert, verrostete Schränke stehen an den Wänden, ein paar alte Karten sind zerfetzt auf dem Boden verstreut.

Dann bemerke ich es – seltsame Kratzspuren auf dem Boden, als wäre eine Tür entlanggeschoben worden. Doch nirgendwo ist eine Tür zu sehen. Ich knie mich hin und untersuche die Stelle genauer. Plötzlich spüre ich einen leichten Luftzug, der aus einer kleinen Ritze in der Wand dringt. Ein geheimer Mechanismus!

Mit pochendem Herzen betätige ich eine unscheinbare Vertiefung in der Wand. Ein leises Klicken ertönt, und schwerfällig beginnt eine massive Tür sich zu öffnen. Ein dunkler Treppenabgang kommt zum Vorschein.

Du hast mich die ganze Zeit skeptisch beobachtet, und ich kann an deinem Gesichtsausdruck erkennen, dass du noch nicht überzeugt bist. „Ich weiß nicht, ob das eine gute Idee ist," sagst du zögernd.

Ich nehme deine Hand, meine Augen leuchten vor Neugier. „Vertrau mir," flüstere ich. Nach einem Moment des inneren Kampfes schluckst du, seufzt leise – und nickst schließlich.

Vorsichtig steigen wir die dunklen Stufen hinab. Es ist jetzt stockdunkel, doch zum Glück habe ich eine kleine

Taschenlampe dabei. Der Tunnel führt weiter nach unten, die Luft wird kühler, feuchter. Schließlich stehen wir vor einer Eisentür, die im Gegensatz zu den restlichen Ruinen überraschend neu aussieht.

Ich drücke die Klinke herunter, die Tür gibt nach. Deine Hand liegt noch immer in meiner, dein Griff ist fest. Dann – ein plötzliches Flackern. Die Taschenlampe geht aus.

In der undurchdringlichen Dunkelheit lasse ich aus Versehen deine Hand los. Ich höre deinen Atem, schneller als zuvor. Eine leichte Panik schleicht sich in deine Stimme. „Wo bist du?"

Doch bevor du dich bewegen kannst, lege ich meine Hände sanft auf deine Brüste und ziehe dich an mich. Mein Atem streift deine Haut, während meine Lippen deinen Hals berühren. Ich spüre, wie sich dein Körper versteift, doch nicht aus Angst – es ist diese unerwartete Mischung aus Überraschung und Erregung.

„Vertrau mir," flüstere ich erneut, dieses Mal direkt an deinem Ohr. Meine Worte hallen durch die Dunkelheit, beinahe wie ein Echo.

Dein Herz schlägt schneller, ich kann es spüren. In dieser absoluten Finsternis sind alle Sinne geschärft. Jeder Atemzug, jede Bewegung wird intensiver.

Ich führe dich vorsichtig weiter, deine Schritte sind zögerlich, aber du folgst mir. Die Spannung zwischen uns ist greifbar, das Unbekannte verstärkt das Kribbeln in der Luft.

Dann bleiben wir stehen. Ich spüre, wie du tiefer atmest, als ob du dich auf das vorbereiten würdest, was als Nächstes kommt. Ich lehne mich näher an dich heran, mein Mund nur einen Hauch von deinem Ohr entfernt.

„Du oder ich?"

Deine Gedanken rasen. Die Bedeutung meiner Worte bleibt rätselhaft, doch sie wecken eine noch tiefere Neugier in dir. Ich wiederhole es, diesmal mit mehr Nachdruck.

„Du oder ich?“

Dein Herz rast. Du spürst, dass es keine rhetorische Frage ist. Eine Entscheidung muss getroffen werden.

Du atmest tief ein. Dein Mund öffnet sich, und dann – flüsterst du deine Antwort.

Wenn du dich für „Ich“ entschieden hast, dann lese einfach weiter.

Wenn du dich für „Du“ entschieden hast, dann springe zum Kapitel „Du!“.

ICH!

Ich!

Als du dieses kleine, geheimnisvolle Wort sagst, klicken die Handschellen mit einem leisen, aber entschlossenen Geräusch um deine Handgelenke. Eh du dich versiehst, bist du mit den Händen über deinem Kopf an einer robusten Kette gefesselt, die von der Decke hängt. Dein Herz rast, ein wilder Rhythmus in deiner Brust, der die Spannung in der Luft noch verstärkt.

Du hörst zunächst nur meine Schritte, das sanfte, beruhigende Klicken meiner Absätze auf dem kühlen Boden. Dann das leise Zischen eines Streichholzes, gefolgt von dem sanften Knistern einer entzündeten Flamme. Du blinzelst in der Dunkelheit und versuchst, zu erkennen, was um dich herum geschieht. Allmählich siehst du, wie ich eine nach der anderen einige große Kerzen entzünde. Das zuvor sterile und graue Zimmer wird nach und nach in ein warmes, orange-rotes, flackerndes Licht getaucht, das sanfte Schatten auf die Wände wirft und die Atmosphäre mit einer intimen, fast magischen Aura durchdringt.

Die Nervosität in dir bleibt spürbar, doch die Angst in deinen Augen beginnt langsam der Neugier zu weichen. Unsere Blicke treffen sich, tief und bedeutungsvoll. In diesem Moment wird dir klar, dass du mir vertrauen kannst. Du weißt, dass nichts geschehen wird, das du nicht willst. Die Stille zwischen uns ist erfüllt von unausgesprochenen Versprechen und der elektrisierenden Vorfreude auf das, was noch kommen mag.

Ich trete an dich heran, meine Schritte fest und entschlossen. Mit einem festen Griff packe ich deinen Nacken, nicht zimperlich, aber auch nicht zu grob. Meine Lippen finden deinen Mund, und ich küsse dich leidenschaftlich, hungrig nach mehr. Meine Zunge erkundet deine Lippen, neckend, während ich sanft an deiner Unterlippe knabbere und schließlich über deine Wange lecke, die zarte Haut spüre und dich schmecke.

Mit einem Ruck zerreiße ich dein Hemd, die Knöpfe fliegen in alle Richtungen, und ich betrachte deinen entblößten Oberkörper, der in der kühlen Luft leicht zittert. Ich gehe langsam um dich herum, meine Augen auf deinem Körper ruhend. Meine Finger gleiten über deine nackte Haut, hinterlassen eine Spur von Gänsehaut, während sie über deinen Rücken und deine Schultern streichen. Mit einem geübten Griff öffne ich deinen BH, der unsanft zu Boden fällt. Meine Hände umfassen deine Brüste, meine Finger kneten sie fest, während meine Lippen sich um deine Brustwarzen schließen und ich hart daran sauge. Dein Stöhnen erfüllt den Raum, ein Beweis für dein Verlangen und deine Hingabe.

Ich packe dich an deinen Haaren, ziehe dich leicht zurück und beiße sanft in deine Schulter, deine Haut zwischen meinen Zähnen spürend. Meine Lippen wandern zu deinem Hals, und ich lecke dich, spüre deinen Herzschlag unter meiner Zunge. Ein letztes Mal lasse ich die Kette etwas nach, bevor ich dich auf die Knie drücke. Mit einem schnellen Handgriff öffne ich meine Hose, und mein stahlharter Schwanz springt hervor, bereit und verlangend.

Meine Hände greifen deinen Kopf, meine Finger in deinem Haar vergraben, und ich führe meinen Schwanz zu deinen Lippen. Du öffnest deinen Mund, und ich stoße tief hinein, spüre die Wärme und Feuchtigkeit deines Mundes um mich herum. Mit kontrollierter Kraft beginne ich, deinen Kopf zu führen, das Tempo zu bestimmen. Dein Mund nimmt mich auf, dein Atem geht schwer, und du kämpfst, genügend Luft zu bekommen. Doch ich passe auf, dass du nicht würgst, denn das würde den Moment stören. Dein Blick ist auf mich gerichtet, ein Ausdruck von Hingabe und Lust, und ich genieße jede Sekunde unserer intimen Verbindung.

Ich lasse dich langsam los, spüre dabei die Spannung in der Luft, als sich die Kette nach oben bewegt und du dich wieder aufrichtest. Meine Augen wandern begierig über deinen Körper, während ich mich dir nähere. Zärtlich lecke ich über deine Haut, beginnend bei deinen Achseln, wandere dann über deinen Rücken, meine Zunge folgt jedem deiner Konturen, verspürt die Hitze, die von dir ausgeht.

Mit einem Ruck reiße ich deine Hose mitsamt dem Höschen herunter, lasse dich nackt und verwundbar vor mir stehen. Ich knie mich vor dir nieder, mein Atem geht schwer, als ich meine Lippen an deiner nassen Spalte spüre. Deine Wärme schlägt mir entgegen, ein betörender Duft steigt in meine Nase. Ich koste von deinem lustvollen Saft, spüre, wie dein Körper unter meinen Berührungen zittert.

Zwei meiner Finger formen eine Pistole, die zielstrebig auf dein Lustzentrum zielt und kraftvoll hinein stößt. Ich ficke dich mit meinen Fingern, rhythmisch, leidenschaftlich. Deine Schreie werden lauter, dein Körper bebt vor Lust, und dein Saft fließt über meine Hand.

Während ich aufstehe, massieren meine Finger weiterhin deine feuchte Spalte. Meine Zunge spielt sanft über dein Gesicht, schmeckt die salzige Süße deines Verlangens. Ich bewege mich um dich herum, knie mich hinter dir nieder. Mit entschlossenen Händen packe ich deine Pobacken, schiebe sie auseinander und versenke meine Zunge tief in dein Poloch.

Dein Körper windet sich vor Verlangen, jede Berührung scheint dich näher an den Rand des Wahnsinns zu bringen. Ich genieße jeden Moment, jedes Zucken und jedes Stöhnen, das aus dir herausbricht. Die Verbindung zwischen uns ist intensiv, ein Feuer, das in der Dunkelheit brennt und uns beide verzehrt.

Ich nehme die Ketten ab und drücke dich sanft aber bestimmt zu Boden. Deine Augen funkeln vor Erwartung und dein Körper bebt vor Verlangen. Instinktiv streckst du mir dein wohlgeformtes Hinterteil entgegen, deine Haut glitzert im schummrigen Licht des Raumes. Mit einem tiefen, kehligen Knurren ramme ich meinen harten Schwanz in deine feuchte, pulsierende Grotte. Ein Schauer der Erregung durchfährt dich und ein Stöhnen entfährt deinen Lippen.

Mein Körper stößt mit jedem kraftvollen Stoß laut klatschend gegen deinen, das Geräusch erfüllt den Raum und verstärkt die sinnliche Atmosphäre. Mein großer, praller Schwanz bohrt sich immer tiefer in deine heiße Enge, jede Bewegung treibt uns beide weiter in die Ekstase. Schweiß rinnt in glitzernden Tropfen über unsere erhitzten Körper, vermischt sich mit dem süßen Duft der puren Lust, der den Raum durchdringt und unsere Sinne betäubt.

Mit jedem Stoß erhöhe ich das Tempo und die Intensität, deine kurzen, scharfen Atemzüge zeugen von der steigenden Lust und dem unbändigen Verlangen. Dein Körper zittert unter mir, deine Hände krallen sich in die Laken, während du dich mir hingibst. Immer wenn du denkst, die Stöße könnten nicht heftiger werden, spüre ich dein inneres Beben und treibe dich weiter an den Rand des Wahnsinns.

Dein Atem stockt, Lust und Erregung verschmelzen zu einem überwältigenden Gefühl, das uns beide erfasst. Auch ich spüre das unaufhaltsame Drängen, den nahenden Höhepunkt, der sich in meinem Unterleib aufbaut. Im letzten Moment ziehe ich meinen pochenden Schwanz aus dir heraus, spüre die

Spannung und entlade meine riesige Ladung heißes Sperma auf dein entzückendes Gesicht. Tropfen perlen von deiner Haut und vermischen sich mit deinem erregten Schweiß, ein Anblick, der mich fast ohnmächtig werden lässt.

Erschöpft und erfüllt lasse ich mich neben dich sinken, unsere Körper finden zueinander in einem Nachspiel der Zufriedenheit. Schwer atmend, unsere Herzen im Gleichklang, sehen wir uns tief in die Augen, ein stilles Einverständnis, eine Verbindung, die Worte überflüssig macht

D U !

Du!

Als du dieses kleine, geheimnisvolle Wort sagst, drücke ich dir ein Päckchen Streichhölzer in die Hand und führe dich zu einer Kerze. Mit leicht zitternden Fingern entzündest du die Kerze, und in diesem Moment hörst du das scharfe Klicken von Handschellen. Die Spannung steigt. Du zündest weitere Kerzen an, und das zuvor sterile, graue Zimmer verwandelt sich allmählich in eine Oase des warmen, orange-roten Lichts. Sanfte Schatten tanzen an den Wänden und verleihen der Atmosphäre eine intime, fast magische Aura.

Als du dich umdrehst, siehst du mich, mit den Händen über meinem Kopf an einer robusten Kette gefesselt, die von der Decke hängt. Dein Herz rast, ein wilder Rhythmus in deiner Brust, der die Spannung in der Luft noch verstärkt. Du trittst näher und legst deine Arme um meinen Hals, deine Lippen finden meine in einem leidenschaftlichen Kuss. Deine Zähne knabbern sanft an meinen Lippen, und das leise Knurren, das dabei aus deinem Mund kommt, lässt mir einen Schauer über den Rücken laufen.

Du zerreißt mein Hemd mit einem entschlossenen Ruck und drückst deine Lippen auf meinen Oberkörper, deine Küsse werden intensiver. Als du meine Brustwarzen zwickst, zucke ich kurz zusammen, der Schmerz ist wie ein elektrischer Schlag. Du ziehst meinen Gürtel aus der Hose und legst ihn einmal übereinander. Mit einem knallenden Geräusch trifft er auf meinen Hintern, und du erschrickst selbst, weil du fester zugeschlagen hast als gewollt. Doch als du meinen Gesichtsausdruck siehst, erkennst du, dass alles in Ordnung ist. Ich werde mich melden, wenn es zu viel wird. Du schluckst, verstehst und probierst es gleich noch ein zweites und drittes Mal, die Peitsche knallend auf meine Haut treffen zu lassen.

Du stehst hinter mir, greifst nach meiner Brust und beißt mich leicht in den Rücken. Deine Hände wandern nach unten, öffnen meine Hose und ziehen sowohl Hose als auch Unterhose herunter. Du trittst um mich herum, dein Blick fixiert auf meinen empor ragenden, harten Schwanz. Mit festem Griff packst du ihn, lässt ihn wieder los und versetzt ihm einen kräftigen Schlag. Doch er bleibt fest, trotzt der Bewegung. Während deine eine Hand ihn wieder fest umgreift und ihn langsam, aber entschlossen wichst, massiert deine andere Hand meinen Sack. Du drückst meine Eier gekonnt, gerade so, dass der Schmerz erträglich bleibt.

Während du weiter meine Eier kraulst, nimmst du meinen harten Knochen in den Mund. Deine Zähne streifen sanft über meine Eichel, und ein Stöhnen entweicht meinen Lippen. Du lässt wieder von mir ab, kniest dich hinter mir, und während eine Hand meinen Schwanz festhält, sucht ein Finger deiner anderen Hand meinen Anus und massiert ihn. Mit geschickten Bewegungen führst du deinen Finger in mich ein, zielst auf meine Prostata. Mein ganzer Körper zittert, und es dauert keine zwei Sekunden, bis ich komme. Mein Sperma spritzt durch den Raum.

Du lässt von mir ab und setzt dich vor mir auf den Boden, ein verschmitztes Lächeln auf den Lippen. Schwer atmend hänge ich an der Kette, beobachte dich, wie du dir Zeit nimmst, deine Schuhe und Socken auszuziehen. Deine nackten Füße streicheln über meine Beine, gleiten über meinen noch immer harten und großen Schwanz. Du nimmst ihn zwischen deine Sohlen und reibst ihn. Dann stehst du auf und ziehst den Rest deiner Kleidung aus. Dein feuchtes Höschen reibst du mir unter die Nase, der Duft macht mich ganz verrückt.

Langsam lockerst du die Kette und forderst mich auf, mich hinzulegen. Du setzt dich auf mein Gesicht, deine nasse, heiße Spalte drückt sich fest auf meine Lippen. Ich versuche, dich zu lecken, finde den perfekten Rhythmus, und deine Atmung wird schwerer, dein Stöhnen lauter. Ich kann kaum noch Luft holen, drohe mehr an deiner Lust zu ertrinken als zu ersticken. Dein Unterleib drückt schwer auf meinen Kopf, und ich spüre, wie du kommst, dein ganzer Körper erstarrt.

Du gleitest hinab über meinen Körper, ich möchte dich anfassen, bin aber noch gefesselt. Du gleitest weiter, bis mein Schwanz dich aufhält. Dein Lustzentrum ist so nass, dass mein Schwanz wie ein Magnet hineingezogen wird. Du machst weiter, wo du mit meinem Gesicht aufgehört hast, dein Rhythmus treibt mich in den Wahnsinn. Dein kurz vor dem Orgasmus stehendes Gesicht macht mich noch geiler, und es fühlt sich an, als ob mein Schwanz in dir noch größer wird.

Ich merke, wie sich die Wände deiner Lustgrotte zusammenziehen, dein Rücken wölbt sich nach hinten, und ein lauter Schrei besiegelt deinen kräftigen Orgasmus. Auch ich kann es nicht länger halten und spritze meinen Samen tief in dich hinein. Wir sinken erschöpft zusammen, unsere Körper schimmern im flackernden Kerzenschein.

EINE NACHT VOLLER NÄHE

Die kalten Metallringe der Handschellen gleiten von deinen Handgelenken, hinterlassen eine leichte, kaum sichtbare Spur auf deiner Haut – ein letztes Echo unseres intensiven Moments. Du hebst langsam deine Arme, rollst deine Schultern, als würdest du dich erst jetzt wieder vollends spüren. Unsere Blicke treffen sich im flackernden Licht der Kerzen, und für einen Moment herrscht Stille, eine Stille, die nicht unangenehm ist, sondern voller unausgesprochener Worte, voller Gefühle, die in diesem Moment keine Stimme brauchen. Ich beuge mich vor, nehme deine Hände in meine, küsse sanft die zarten Abdrücke an deinen Handgelenken und schenke dir ein beruhigendes Lächeln.

Langsam ziehen wir uns wieder an, jeder Stofffetzen auf unserer Haut fühlt sich nach der Hitze unserer Leidenschaft fast fremd an. Du streichst dir eine verirrte Haarsträhne aus dem Gesicht, während ich die letzten Kerzen ausblase, eine nach der anderen, bis der Raum wieder in Dunkelheit getaucht ist. Nur der schwache Schein der Taschenlampe erhellt unseren Weg, als wir durch den engen Tunnel zurück ins Freie treten.

Die Nacht hat den Dschungel längst in ihr dunkles, geheimnisvolles Gewand gehüllt. Über uns erstreckt sich der Himmel wie ein samtiges Tuch, übersät mit Millionen funkelnder Sterne. Die Geräusche des Waldes sind intensiver als zuvor –

das Zirpen der Grillen, das entfernte Rufen eines Nachtvogels, das leise Rascheln in den Büschen, das kaum wahrnehmbare Knacken von Ästen unter den Pfoten eines nachtaktiven Tieres. Eine kühle Brise streift deine Haut, und ein sanfter Schauer läuft dir über den Rücken.

Ich spüre deine Anspannung, halte inne und ziehe dich behutsam in meine Arme. Mein Griff ist fest, meine Berührung beruhigend, als meine Lippen sich sanft an dein Ohr schmiegen. „Ich bin hier," flüstere ich, und meine Stimme ist ein sanftes Versprechen, das dich umfängt wie eine wärmende Decke. „Dir wird nichts geschehen." Ich spüre, wie du in meiner Umarmung entspannst, deinen Kopf an meine Brust lehnst und einen tiefen Atemzug nimmst.

Hand in Hand setzen wir unseren Weg fort, unsere Schritte kaum hörbar auf dem weichen Waldboden. Als wir schließlich das Lager erreichen, knurrt dein Magen leise – ein Geräusch, das uns beide zum Lachen bringt. Zu aufgewühlt, um direkt schlafen zu gehen, entscheiden wir uns, eine Kleinigkeit zu essen.

Ich knie mich an die Feuerstelle, lege einige trockene Äste zusammen und zünde das Lagerfeuer an. Die ersten Funken tanzen in die Luft, bevor die Flammen langsam größer werden und das Lager in ein warmes, orange-goldenes Licht tauchen. Du hast dich währenddessen zu den Vorräten begeben und kramst mit einem zufriedenen Lächeln in der Kiste. „Was hältst du von gegrilltem Gemüse, ein wenig Fleisch und Stockbrot?" schlägst du vor.

„Perfekt," erwidere ich und nehme dir einige Zutaten ab, um sie vorzubereiten. Gemeinsam spießen wir das Essen auf lange Holzstäbe, die wir über das knisternde Feuer halten. Der Duft von geröstetem Brot und gegrilltem Fleisch mischt sich mit dem harzigen Aroma des brennenden Holzes, eine Mischung, die so einfach und doch unübertroffen köstlich ist.

Eng aneinander geschmiegt sitzen wir am Feuer, genießen unser einfaches Mahl, das in dieser Nacht fast wie ein Festmahl erscheint. Du lehnst dich an meine Schulter, dein Atem streicht warm über meine Haut. Über uns tanzen die Sterne, und die Schatten der Bäume wiegen sich sanft im Schein der Flammen.

Unsere Blicke treffen sich, und ohne ein weiteres Wort senke ich meine Lippen auf deine. Der Kuss ist sanft, voller Zärtlichkeit, so anders als die wilde Leidenschaft von zuvor. Es ist ein Moment, den ich festhalten möchte, ein Moment, der sich anfühlt, als könnte er ewig dauern. Doch dann lache ich leise und ziehe mich ein wenig zurück.

„So schön dieser Moment auch ist …" sage ich und schnuppere vielsagend an deiner Haut, „… wir riechen nach Rauch, Schweiß und … na ja, nach uns." Ich grinse schelmisch. „Wie wäre es mit einer Dusche unter dem Wasserfall?"

Du siehst mich herausfordernd an, als würdest du meine Worte auf die Probe stellen. Dann springst du auf, schnappst dir meine Hand und ziehst mich mit dir. „Dann komm, aber pass auf, dass du Schritt hältst!" rufst du übermütig, während du mit schnellen Schritten den dunklen Trampelpfad entlangläufst.

Ich folge dir dicht, immer sicher, dass ich genau hinter dir bin. Der Dschungel wirkt in der Nacht noch mystischer, noch lebendiger. Der Mond steht hoch am Himmel, sein silbriges Licht bricht sich in den feinen Nebelschleiern, die über dem Wasserfall hängen. Als wir den See erreichen, bleibt dir kurz der Atem weg.

Vor uns ergießt sich der Wasserfall wie ein glitzernder Schleier aus Sternen in das dunkle Wasser. Der See schimmert unter dem Mondlicht, seine Oberfläche sanft kräuselnd von der Strömung. Glühwürmchen tanzen über den Büschen, kleine leuchtende Geister, die diese Nacht noch magischer erscheinen lassen.

Wir ziehen uns langsam aus, lassen die Kleidung an den warmen Steinen zurück und gleiten nackt ins kühle Wasser. Ein leises Schaudern durchfährt mich, als deine Haut auf meine trifft, unsere Körper sanft im Wasser umeinander gleiten. Wir berühren uns nicht mit Leidenschaft, sondern mit der stillen, tiefen Intimität zweier Menschen, die sich völlig hingeben – nicht nur ihren Körpern, sondern einander.

Ich umfasse dein Gesicht, streiche mit meinem Daumen über deine Wange, bevor ich dich erneut küsse. Langsam, tief, mit einer Liebe, die sich in diesem Moment grenzenlos anfühlt. Unsere Lippen lösen sich nur, um erneut zusammenzufinden, während wir uns im Wasser treiben lassen, inmitten der unberührten Schönheit dieser Nacht.

Schließlich, als uns die Müdigkeit einholt, kehren wir ins Lager zurück. Hand in Hand laufen wir den Pfad entlang, unsere Haut dampft noch leicht von der kühlen Frische des Wassers. Ich ziehe dich eng an mich, während wir uns in das große, weiche Bett des Zeltes kuscheln. Die Stoffwände bieten uns Schutz, doch es ist deine Nähe, die mich wirklich wärmt.

Dein Kopf liegt auf meiner Brust, dein Atem wird langsam und ruhig. Ich küsse dein Haar, streiche mit meinen Fingern sanft über deinen Rücken. Die Stille zwischen uns ist nicht leer, sondern voller unausgesprochener Worte, voller Liebe, die keiner Sprache bedarf.

Mit einem letzten, zufriedenen Seufzen schließen wir beide die Augen, während das entfernte Rauschen des Wasserfalls und die sanften Geräusche des Dschungels unser Schlaflied singen. Ich halte dich fest, meinen Herzschlag an deinem spürend, und weiß:

Es gibt keinen schöneren Ort, keinen besseren Moment und keinen wertvolleren Menschen, mit dem ich diesen Augenblick teilen könnte.

DIE SÜßE RACHE

Aus dem Schlaf gerissen, werde ich wach, als ich spüre, wie du auf mir sitzt und mich ans Bett fesselst. Dein freches Grinsen verrät deine Absicht, Rache zu nehmen, weil ich dich heute so erschreckt habe. Ich verstehe noch nicht ganz, worin diese Rache besteht, aber der Anblick deines wunderschönen Körpers, der auf mir thront, ist bereits eine Wonne. Mein Unterleib spürt die glühende Hitze, die aus deiner feuchten Scheide strömt. Ich drücke mein Becken nach oben, in der Hoffnung, schnell Einlass zu bekommen, doch du weichst geschickt aus. Deine Schamlippen umschließen meinen erregten Schwanz und reiben ihn, sodass er jede Berührung intensiv spürt, aber keine Chance hat, in dich einzudringen. Doch selbst dieses Spiel ist ein wahnsinnig erregendes Gefühl.

Als du bemerkst, wie sehr mir das gefällt, wirst du langsamer. Mein Herzschlag und meine Atmung normalisieren sich halbwegs, nur um wieder anzusteigen, als du dich erneut bewegst. Deine Spalte gleitet verführerisch über meinen Schwanz. Kurz bevor ich komme, steigst du ab und gibst mir eine leichte Ohrfeige. Mein verwirrter Blick bringt dich zum Lachen, bevor du dich zwischen meine Beine gleiten lässt. Der kurzzeitige Schreck hat vorerst geholfen. Deine Hand umklammert mein bestes Stück und reibt es langsam hoch und runter.

Verführerisch leckst du dir die Lippen, während mein Schwanz immer heftiger zwischen deinen Fingern pulsiert.

Doch du lässt los, um mich weiter zu quälen, und streckst mir deine Füße entgegen. Freudig will ich sie küssen und lecken, doch bevor mein Mund sie erreicht, ziehst du sie wieder weg. Du bemerkst, wie geladen mein Schwanz ist und kurz davor, abzufeuern, also lässt du ihn in Ruhe und beobachtest, wie er zuckt und sich dir entgegenstemmt. „Wir müssen dich beruhigen", sagst du und zwickst meine Brustwarzen, in der Hoffnung, dass der Schmerz meine Erregung mindert. Es gelingt nur bedingt.

Du drehst dich um und kniest über mir, sodass ich einen atemberaubenden Blick auf dein Hinterteil habe. Wäre ich nicht gefesselt, bekämst du jetzt einen kräftigen Klaps darauf. Der Anblick und der Duft deiner nassen Spalte machen mich wahnsinnig geil. Du würdest meinen Schwanz gerne in den Mund nehmen, doch du weißt, dass ich sofort abspritzen würde. Also senkst du deinen Unterleib zu meinem Mund. Ich lecke dein heißes Fötzchen, das immer mehr Lustnektar produziert. Dein kurzes Aufstöhnen und das Wegziehen deines Körpers von meinem Mund lassen mich den Verlust schmerzhaft spüren.

Du legst dich zwischen meinen Beinen auf den Bauch, schaust über meinen zuckenden Schwanz hinweg in meine Augen. Ich flehe dich an, mich endlich vom Druck zu befreien. Deine Zunge gleitet von meinem Sack über meinen Schwanz, doch noch bevor sie meine Eichel berührt, spritze ich mein Sperma heraus, direkt in mein Gesicht. Dein Lachen füllt den Raum, während du an mir hochkrauchst und mich küsst. Du löst die Fesseln und denkst, es sei vorbei, doch ich bin geiler als je zuvor.

Ich packe dich, lege dich auf den Rücken und stoße meinen immer noch harten Schwanz tief in dich hinein. Mit deinen Füßen auf meinen Schultern beuge ich mich zu deinem Kopf und küsse dich leidenschaftlich, meine Hände halten deinen Kopf fest im Griff. Mein Schwanz füllt dich komplett aus, und ich merke, wie du kurz vor dem Höhepunkt stehst. Mein Blick bleibt starr auf deinem Gesicht, ich will den Moment sehen, wenn du kommst, will dich sehen und spüren. Dein Rücken wölbt sich, ein Schrei kündigt deinen Höhepunkt an. Meine Stöße werden langsamer, ich küsse dich. Mein Schwanz gleitet langsam rein und raus, während sich auch bei mir der Druck wieder aufbaut. Ich will bei meinem Orgasmus in deine Augen sehen, unsere Hände umklammern sich, und eine gefühlte Ewigkeit bleiben wir so liegen, im Rausch unserer Leiden-schaft.

DIE VERLOCKUNG DER TIEFE

Die ersten zarten Streifen des Morgens malen sanfte Farben an den Himmel, doch die Sonne selbst hat sich noch nicht über den Horizont erhoben. Eine friedliche Stille liegt über dem Lager, unterbrochen nur vom leisen Rauschen des entfernten Wasserfalls und dem fernen Gesang der erwachenden Vögel.

Du öffnest langsam die Augen, noch eingehüllt in die Wärme meiner Umarmung. Mein Atem geht ruhig und gleichmäßig, mein Gesicht entspannt in tiefem Schlaf. Ein sanftes Lächeln umspielt deine Lippen, als du mich so siehst – friedlich, sorgenfrei, eingehüllt in das Gefühl unserer gemeinsamen Nacht. Vorsichtig hebst du deine Hand, streichst zärtlich durch mein Haar, lässt deine Finger einen Moment über meine Wange gleiten, bevor du dich behutsam aus meiner Umarmung löst.

Du stehst auf, ohne einen Laut zu verursachen, greifst nach einem lockeren Kleid, das du über deine nackte Haut streifen lässt, und trittst hinaus in die kühle, erfrischende Morgenluft. Ein feiner Nebelschleier hängt über dem Dschungel, während der Tau in den ersten Lichtstrahlen glitzert wie tausend winzige Diamanten. Der Pfad zum Wasserfall lockt dich, ein stilles Versprechen auf Erneuerung und Frieden.

Barfuß wanderst du durch das noch kühle Gras, spürst die weiche Erde unter deinen Füßen und atmest die klare Luft tief ein. Mit jedem Schritt wirst du wacher, fühlst dich verbundener mit der Natur, mit dir selbst. Als du schließlich das Ufer des Sees erreichst, kniest du dich hin und betrachtest dein Spiegelbild im glatten Wasser. Dein Gesicht ist strahlend, deine Haut leuchtet im ersten Morgenschein, und du erkennst dich selbst in einer Weise, wie du es noch nie zuvor getan hast – wunderschön, lebendig, voller Anmut und Freiheit.

Du streckst die Hand aus, berührst mit den Fingerspitzen das kühle Wasser und siehst dabei zu, wie die feinen Kreise auf der Oberfläche sich ausbreiten, als würden sie deine innersten Gedanken in die Welt hinaustragen. Ein Lächeln umspielt deine Lippen, als du langsam dein Kleid über deine Schultern gleiten lässt, es achtlos auf den warmen Felsen legst und Schritt für Schritt in das Wasser trittst.

Das kühle Nass umhüllt deine Haut wie eine sanfte Liebkosung, sendet angenehme Schauer über deinen Körper und weckt jede Faser deines Seins. Mit einem tiefen Atemzug tauchst du unter, lässt dich vollkommen auf die Umarmung des Wassers ein. Für einen Moment ist alles still – nur das beruhigende Gefühl der Schwerelosigkeit, das sanfte Streicheln der Strömung, die dich einlädt, tiefer in ihr Geheimnis einzutauchen.

Das Rauschen des Wasserfalls verschmilzt mit dem leichten Plätschern der Wellen, der süße Duft des Morgens vermischt sich mit dem feuchten Aroma der moosbedeckten Felsen. Über dir tanzen Glühwürmchen in der Dämmerung, und kleine, schillernde Fische schwimmen neugierig um dich herum. Ihre leuchtenden Farben blitzen in der Morgensonne, und fasziniert folgst du ihrem Tanz, schwimmst mit ihnen, als wärt ihr Teil eines choreografierten Balletts.

Die Fische bewegen sich tiefer ins Wasser, ihr Schwarm formt sich zu einem sanften Strudel, der dich lockt. Du folgst ihnen, tauchst tiefer, spürst, wie das Licht um dich herum sanfter wird, geheimnisvoller. Die Welt über der Wasseroberfläche beginnt zu verblassen, und mit jedem Meter, den du dich weiter hinabbewegst, wirst du von einer seltsamen, vertrauten Ruhe erfüllt.

Dann, plötzlich – ein Licht. Erst eines, dann noch eines, bis um dich herum ein glühendes Schimmern entsteht, das sich wie ein silbernes Netz durch das Wasser zieht. Neugierig schwimmst du darauf zu, und als du näher kommst, erkennst du die Quelle dieses Wunders.

Flossenschwänze.

Sie bewegen sich mit anmutiger Eleganz, glitzern in schillernden Farben, während ihre Träger auf dich zuschwimmen. Meerjungmänner.

Sie sind atemberaubend – muskulös, mit fließendem Haar und Augen, die das Geheimnis des Ozeans in sich tragen. Ihr Lächeln ist sanft, aber ihre Blicke sind intensiv, durchdringend. Sie umkreisen dich, ihre Bewegungen fließend, verführerisch, als würden sie mit dir tanzen.

Dann siehst du es.

Dein eigener Körper hat sich verändert. Wo eben noch Beine waren, erstreckt sich nun ein wunderschöner, schimmernder Flossenschwanz, perfekt geformt, wie geschaffen für diese Welt. Doch statt Angst zu verspüren, fühlst du nur ein tiefes Gefühl von Zugehörigkeit, als hättest du immer darauf gewartet, diesen Teil von dir zu entdecken.

Ihr schwimmt gemeinsam durch die geheimnisvolle Unterwasserwelt, gleitet an einer riesigen, offenen Muschel vorbei, in deren Innerem eine strahlende Perle ruht. Ihr spielt Verstecken in einem alten Schiffswrack, lacht lautlos, während ihr durch Schwärme von regenbogenfarbenen Fischen taucht, die wie lebendige Edelsteine durch das Wasser gleiten.

Doch inmitten dieses Spiels spürst du ihre Begierde.

Die Meerjungmänner kommen dir näher, ihre Hände streifen deinen Körper, als würden sie dich kosten wollen. Ihre

Blicke versprechen Leidenschaft, Verlangen, doch du entziehst dich ihnen mit spielerischer Eleganz. Du genießt das Spiel, das Prickeln, die Macht, sie herauszufordern.

Jedes Mal, wenn sie nach dir greifen, tauchst du tiefer, gleitest ihnen mit einer geschmeidigen Bewegung davon – doch insgeheim sehnst du dich danach, gefangen zu werden.

Und schließlich gibst du nach. Du lässt dich von ihren starken Armen umschlingen, spürst ihre Berührungen auf deiner Haut, ihre Lippen auf deinen. Leidenschaftliche Küsse verschmelzen mit den sanften Strömungen des Wassers, während ihre Hände dich erforschen, dich näher an sich ziehen.

Doch gerade, als du dich vollkommen in ihre Umarmung fallen lassen willst, entreißt du dich erneut, schwimmst ein Stück davon, drehst dich im Wasser, wartest auf den Moment, in dem sie dich wieder einholen.

Denn du weißt:

Sie werden dich fangen. Und du kannst es kaum erwarten.

Ihre Hände wandern über deinen Körper, streicheln deine Brüste, während ihre Schwänze deinen Oberkörper umspielen. Du lächelst verführerisch und flüsterst, dass du schon immer von zwei Schwänzen geträumt hast.

In diesem Moment wachst du auf. Es war alles nur ein Traum. Ich bin bereits wach, sitze neben dir und beobachte dich mit einem amüsierten Lächeln, während du langsam zu dir kommst. "Soso, zwei Schwänze," sage ich schmunzelnd.

Dein Gesicht wird etwas rot, und du kannst ein verschmitztes Lächeln nicht unterdrücken.

S T U R M   D E R   S I N N E

Ein gewaltiges Gewitter zieht am Horizont auf, die ersten Blitze zucken wie silberne Adern durch die dunklen Wolken. Kurze Augenblicke später folgt das grollende Donnergrollen, das tief und mächtig über den Dschungel hinwegrollt. Der Wind frischt auf, und dann prasseln die ersten schweren Regentropfen auf das Dach unseres Zeltes. Innerhalb von Minuten verwandelt sich der sanfte Sommerregen in einen wilden Sturm, der gegen die Leinwand schlägt, als wolle er uns herausfordern.

Ich beobachte das faszinierende Schauspiel der Natur für einen Moment, dann drehe ich mich zu dir. Dein Blick begegnet meinem, und ich sehe darin die gleiche Mischung aus Aufregung und Geborgenheit, die auch mich durchströmt. Es gibt keinen besseren Ort als hier – sicher, warm, eingehüllt in das sanfte Licht der flackernden Laterne, die unser Zelt in eine gemütliche Höhle aus Schatten und Glanz taucht.

Ein wissendes Lächeln huscht über mein Gesicht. „Lass uns hierbleiben und die Zeit nutzen," sage ich mit einer Stimme, die mehr verspricht als nur Schutz vor dem Regen. Dein erwartungsvoller Blick, das sanfte Nicken deines Kopfes – das ist alles, was ich brauche.

„Was hältst du von einer Massage?" frage ich sanft, und in deinen Augen blitzt Zustimmung auf.

Natürlich habe ich vorgesorgt. Ich greife nach einem kleinen, dunklen Fläschchen, dessen Inhalt bereits beim Öffnen einen wohligen, exotischen Duft verströmt. Es ist eine Mischung aus Vanille, Sandelholz und einem Hauch von Jasmin – betörend, beruhigend, aber auch aufregend, wie ein flüsterndes Versprechen auf der Haut.

Ich lasse ein paar Tropfen des warmen Öls in meine Handflächen gleiten, verreibe es und spüre, wie es geschmeidig wird, bevor ich dich berühre. Ich beginne mit deinen Armen, verteile das Öl großzügig, lasse meine Fingerspitzen sanft über deine Haut gleiten. Dein Körper reagiert sofort – ein leises Seufzen, ein unbewusstes Zittern, das mir zeigt, dass du die Berührung nicht nur genießt, sondern dass sie dich auch tiefer in einen Zustand süßer Entspannung sinken lässt.

Meine Bewegungen sind langsam, bedacht, jede Berührung soll dich spüren lassen, wie sehr ich diesen Moment auskoste. Ich nehme dein Handgelenk in meine Hand, streiche sanft, aber bestimmt von dort bis zur Schulter und wieder zurück. Dein Arm wird sanft von deinem Körper weggezogen, und ich wiederhole diese Bewegung, diesmal an der empfindlichen Innenseite deines Arms entlang, nur einen Hauch entfernt von der sanften Mulde deiner Achsel. Deine Haut ist warm, das Öl macht sie seidig, und während meine Finger sich weiter über deine Arme bewegen, spüre ich, wie sich dein Körper mit jedem Atemzug mehr entspannt.

Nun widme ich mich deinen Händen. Zärtlich nehme ich eine davon zwischen meine, meine Handballen ruhen auf deinem Handrücken. Ich streiche sanft über deine Handkanten, biege sie leicht nach innen, bevor ich meinen Daumen mit sanftem Druck über deine Handfläche gleiten lasse. Dein Körper reagiert auf jede Berührung, ein leises Beben durchläuft dich, als ich jeden einzelnen deiner Finger massiere, sie zwischen meinen Daumen und Zeigefinger sanft umfasse, mit zarten Kreisen über die empfindliche Haut gleite.

Meine Augen wandern über deinen Körper, der sich nun vollständig unter meinen Händen entspannt hat. Mein Blick bleibt an den Linien deiner Hüfte hängen, an der sanften Rundung deiner Beine, an der Wärme, die ich beinahe spüren kann, selbst bevor ich dich berühre.

Ich gleite weiter hinab, greife sanft deinen Knöchel, während die andere Hand über dein gesamtes Bein streicht. Ich wiederhole diese Bewegung mit wachsender Intensität, spüre die seidige Glätte deiner Haut unter meinen Fingerspitzen. Meine Hände wandern sanft über die Rundungen deiner Hüften, streichen über die Innenseite deiner Oberschenkel in kreisenden Bewegungen. Jede Berührung wird tiefer, eindringlicher, als wolle ich jeden Muskel, jede Faser deines Körpers dazu bringen, sich mir vollständig hinzugeben.

Besondere Aufmerksamkeit widme ich deinen Füßen. Ich lege meine Hände flach auf deinen Knöchel, meine Daumen ruhen locker auf deinem Spann. In sanften, kreisenden Bewegungen streichle ich von dort aus hinab, lasse meine Finger über die empfindliche Haut deiner Fußsohle gleiten. Ich hebe dein Bein leicht an, massiere jeden einzelnen Zeh, spüre, wie du die Berührung mit einem sanften Zittern beantwortest. Meine Finger gleiten durch die Zwischenräume, üben leichten Druck aus, während ich deine Reaktionen beobachte. Diese Berührung könnte ich stundenlang fortsetzen, so sehr fasziniert mich, wie dein Körper darauf reagiert.

Doch mein Verlangen wächst mit jeder Sekunde.

Mein Blick wandert zu deinem Oberkörper, zu den weichen, wohlgeformten Rundungen deiner Brüste. Meine Hand folgt meinem Blick, streicht sanft über deine Haut, bis meine Finger die zarten Spitzen umschließen. Ich massiere sie vorsichtig, lasse meine flache Hand auf und ab gleiten, bis meine

Fingerspitzen mit spielerischer Hingabe um deine Brustwarze kreisen. Ein leises Keuchen entfährt dir, dein Atem wird schwerer, dein Körper beginnt sich unbewusst zu bewegen – ein leichtes Heben deines Beckens, ein kaum merkliches Drängen, das mir verrät, dass eine andere Körperregion meine Aufmerksamkeit verlangt.

Ich beuge mich über dich, mein Atem streift deine erhitzte Haut. Mein Mund findet seinen Weg, meine Lippen kosten dich, meine Zunge hinterlässt feine, unsichtbare Spuren. Ich lasse das Öl langsam über deinen Bauch tropfen, beobachte fasziniert, wie es in kleinen glänzenden Rinnsalen über deine Haut fließt. Meine Hände folgen diesem Pfad, massieren das Öl in sanften Kreisen ein, während ich mich tiefer über dich beuge.

Draußen tobt der Sturm, der Regen trommelt in einem wilden Rhythmus gegen das Zelt, während drinnen eine andere, ebenso unaufhaltsame Kraft erwacht – eine, die mit jedem Moment stärker wird, mit jeder Berührung intensiver.

Dein leichtes Heben des Beckens signalisiert mir, dass eine andere Körperregion meine Aufmerksamkeit erfordert. Mit einem kräftigen Schwall vom wohlriechenden Massageöl in meinen Händen lege ich meine Hand mit leicht gespreizten Fingern über dein Schambein und lasse etwas Öl über meinen Handrücken tropfen. Mit sanften, wechselnden Bewegungen streiche ich vom Damm über die Klitoris und verteile das Öl über dein ganzes Schambein.

Nun widme ich mich behutsam den Schamlippen. Mit sanftem Druck streiche ich den Rand jeder Schamlippe entlang, genieße das Gefühl deiner zarten Haut unter meinen Fingern. Mein Finger kreist langsam um die Klitoris, ich wiederhole die Bewegung einige Male, dann streiche ich langsam mit meiner Fingerspitze vom Scheideneingang aufwärts über die Klitoris hinweg.

Meine Hände positioniere ich behutsam, eine auf deinem flachen Bauch, die andere auf deinem Venushügel. Vorsichtig führe ich meinen Daumen in deine Scheide, sodass er von innen nach oben auf dein Schambein drückt. Sanft bewege ich meine Hand vor und zurück, drehe sie mit jeder Bewegung ein Stück im Uhrzeigersinn, bis es für meine Hand unangenehm wird. Dann wechsle ich den Daumen mit dem Zeigefinger und mache weiter.

„Zieh deine Beine an", bitte ich dich, und du folgst meiner Aufforderung. Mit Zeige- und Mittelfinger dringe ich in dich ein, meine Fingerspitzen zeigen nach oben. Die Bewegungen meiner Finger sind einladend, als wollten sie dich näher zu mir ziehen. Ich beobachte deinen Körper, deine Atmung, suche und finde den besonderen Punkt in dir. Behutsam massiere ich dein Innerstes und hole die andere Hand hinzu, um deine Klitoris zu streicheln. Deine Hände krallen sich ins Bett, deine Zehen krümmen sich, und du drängst mir deinen Unterleib entgegen. Dein Atem stockt, und ich spüre, dass du kurz davor bist zu kommen. „Lass dich fallen", flüstere ich, und du gibst dich ganz dem Moment hin. Deine ungewollten Laute verraten, wie sehr du genießt, was ich tue. Deine zitternden Beine ziehst du noch mehr an, meine Finger massieren dein Innerstes, während mein Daumen sanft deine Klitoris drückt. Mit der anderen Hand fahre ich flach unter dein Gesäß, sodass der Daumen sanft deinen Damm und das Poloch massieren kann. Du kommst mit einem heftigen Orgasmus, der deinen ganzen Körper durchzuckt, und ich fühle mich erfüllt, dich auf diese Weise verwöhnt zu haben.

ZWISCHEN FEUER UND LEIDEN-SCHAFT

Langsam beruhigt sich dein Atem, deine Brust hebt und senkt sich in einem sinnlichen Rhythmus, während du mich mit diesem besonderen Funkeln in den Augen ansiehst – einem Ausdruck aus Verlangen, Zufriedenheit und stiller Dankbarkeit. Du hebst deine Hand, um nach mir zu greifen, um mich zu berühren, mich genauso zu verwöhnen, wie ich es gerade mit dir getan habe. Doch bevor deine Finger mein Verlangen erfassen können, weiche ich sanft aus.

Verwirrung huscht über dein wunderschönes Gesicht. Deine Stirn legt sich leicht in Falten, und ich sehe, wie du damit kämpfst, einfach nur zu nehmen, anstatt zu geben. Denn ich kenne dich – du gibst genauso gerne, wie du empfängst. Doch diesmal will ich, dass du dich fallen lässt, dass du einfach nur genießt, ohne den Gedanken, etwas zurückgeben zu müssen.

Ich nehme dein Gesicht sanft in meine Hände, streiche mit meinen Daumen liebevoll über deine Wangen und sehe dir tief in die Augen. „Keine Sorge," flüstere ich mit einer sanften, aber bestimmten Stimme. „Ich komme schon noch auf meine Kosten. Aber jetzt … jetzt bist nur du dran."

Langsam weicht deine Skepsis, deine Lippen umspielen ein zärtliches Lächeln, das mir zeigt, dass du dich meiner Führung anvertraust. Ich ziehe dich in meine Arme, küsse dich sanft, dann immer leidenschaftlicher. Unsere Lippen verschmelzen, bis ich mich schließlich leicht von dir löse.

„Komm, lass uns zum Vulkankrater gehen," sage ich leise gegen deine Lippen, meine Stimme noch immer voller Wärme.

Wir ziehen uns an, unsere Bewegungen langsam, noch immer nachklingend von der Magie des Moments. Als wir schließlich aus dem Zelt treten, hat der Sturm sich gelegt. Die Sonne bahnt sich ihren Weg durch die aufgerissenen Wolken und taucht die Welt in ein goldenes, weiches Licht. Die Regentropfen glitzern auf den Blättern wie schimmernde Perlen, und die Luft ist erfüllt von diesem unvergleichlichen, frischen Duft, den die Natur nach einem heftigen Regen verströmt.

Wir packen etwas Proviant in unsere Rucksäcke und machen uns auf den Weg. Über unseren Köpfen flattern bunte Papageien durch das dichte Blätterdach, ihre leuchtenden Farben ein lebendiges Kunstwerk vor dem satten Grün des Dschungels. Ich entdecke einige leuchtend schimmernde Federn auf dem Boden, hebe sie auf und stecke sie vorsichtig hinter dein Ohr.

„Eine Erinnerung an diesen Tag," sage ich lächelnd.

Du greifst nach meiner Hand, und so gehen wir weiter, unsere Finger fest ineinander verschlungen, während die Geräusche des Dschungels um uns herum ein lebendiges Konzert aus Vogelstimmen, raschelnden Blättern und entfernten Wasserfällen bilden.

Allmählich wird der Pfad steiler, die dichte Vegetation weicht kahlem, rötlich-braunem Gestein. Die Luft ist trocken und warm, und mit jedem Schritt, den wir höher steigen, weitet sich der Blick. Schließlich stehen wir am Gipfel. Vor uns breitet sich ein atemberaubendes Panorama aus: das endlose Grün des Dschungels erstreckt sich unter uns, und dahinter glitzert das tiefblaue, weite Meer im Sonnenlicht.

Wir gehen weiter bis zum Rand des Kraters. Doch statt eines gähnenden, feurigen Abgrunds erwartet uns eine dichte, weiße Wolke, die wie Zuckerwatte über dem Krater schwebt und uns die Sicht nimmt.

„Was sich wohl dahinter verbirgt?" fragst du leise. Die Neugier in mir ist geweckt. Ich suche nach einem sicheren Weg nach unten und entdecke schließlich eine schmale, von der Zeit geformte Felstreppe, die in den Nebel führt.

Du siehst mich skeptisch an. „Bist du sicher, dass das eine gute Idee ist?" Ich lächle dich an, greife deine Hand und küsse sie sanft. „Vertrau mir," sage ich. Und dann steige ich vorsichtig hinab, dich behutsam mit mir führend.

Je tiefer wir in die Wolke eintauchen, desto dichter wird der Nebel. Die feinen Wassertröpfchen tanzen im Licht der Sonne, brechen sich zu einem schimmernden Spektrum aus Regenbogenfarben. Die Welt um uns herum wird stiller, fast surreal.

„Wir müssen sicherstellen, dass wir auch wieder zurückfinden," gibst du zu bedenken.

Ich halte einen Moment inne, lächle, küsse deine Stirn. „Alles wird gut," flüstere ich, bevor ich weiter hinabsteige.

Dann, plötzlich, lichtet sich der Nebel – und was sich vor uns auftut, verschlägt uns den Atem. Wir stehen am Rand eines geheimen Strandes, verborgen im Inneren des erloschenen Vulkans. Die Wände des Kraters sind mit leuchtenden Kristallen durchsetzt, die wie funkelnde Diamanten im Sonnenlicht glitzern. An einer Seite hat das Meer sich einen Weg in das Innere des Vulkans gebahnt, und das Wasser leuchtet in surrealen Farben – ein sanftes Türkis, das sich in tiefes Violett wandelt. Kleine, bunte Fische tummeln sich im seichten Wasser, Muscheln schimmern in Gold, Silber und Perlmutt.

Es ist, als hätten wir das Tor zu einer anderen Welt durchschritten.

Ich halte dich fest in meinen Armen, spüre deinen Herzschlag gegen meinen. Dann neige ich mich zu dir, küsse dich langsam, intensiv, voller Liebe.

„Trotz all dieser Schönheit," flüstere ich an deine Lippen, „bist du immer noch das Schönste hier." Du lachst leise, deine Wangen färben sich leicht rosa. Ich lasse mich langsam auf ein Knie sinken, ziehe eine kleine Schatulle aus meiner Tasche und öffne sie.

Ein Ring liegt darin – filigran, zart, mit einem winzigen, funkelnden Stein.

Du siehst mich erschrocken an, deine Lippen formen stumm die Worte „Nein, nein, nein …"

Ich lache leise, strecke beruhigend die Hand nach dir aus. „Keine Angst," sage ich schmunzelnd. „Ich will dich nicht überfallen – ich möchte dir nur diesen Zehenring schenken. Als Zeichen meiner tiefen Verbundenheit."

Du schüttelst leicht den Kopf, dann erwidert ein Lächeln dein Gesicht. „Du hast mich erschreckt," sagst du leise und lachst schließlich.

„Sieh nicht so aus, als wollte ich dir was Böses," necke ich dich mit einem verschmitzten Grinsen.

Du streckst mir deinen Fuß entgegen, und ich schiebe dir den zarten Ring über deinen Zeh.

„Na gut," sagst du mit einem amüsierten Seufzen.

„Mit einem Na gut kann ich leben," antworte ich grinsend.

Dann kniest du dich zu mir, unsere Lippen finden sich erneut, und der Kuss wird schnell leidenschaftlicher.

Ich spüre, wie dein Verlangen erneut in dir brodelt – wie ein Vulkan, der kurz vor dem Ausbruch steht. Während wir uns weiter küssen, gleiten deine Hände langsam nach unten, öffnen meine Hose mit geübter Eleganz …

Plötzlich durchbricht das Geräusch eines Bootsmotors die friedliche Stille.

Wir reißen uns voneinander los, blicken uns überrascht an.
„Mist,“ murmele ich. „Wer könnte uns jetzt stören?“
Du drückst dich noch enger an mich, lachst leise.
„Tja,“ flüsterst du. „Es bleibt wohl spannend.“

- 89 -

SPIEL DER VEFÜHRUNG

Der Horizont erstrahlte in goldenem Glanz, als die Sonne sich langsam ihrem Zenit näherte. Das Meer glitzerte wie ein mit Edelsteinen besetzter Teppich, die sanften Wellen reflektierten das Licht in tausend leuchtenden Facetten. Plötzlich durchbrach ein kleines Motorboot die Idylle, schnitt entschlossen durch das Wasser und steuerte zielstrebig auf den mit Muscheln übersäten Strand zu. Mit einem kräftigen Ruck kam es im weichen Sand zum Stillstand.

Noch bevor die Gischt sich wieder beruhigen konnte, sprangen drei Gestalten aus dem Boot – als wären sie den Legenden der Meere entsprungen. Ein hochgewachsener, athletisch gebauter Mann mit sonnengebräunter Haut und zwei zierliche Frauen, deren Bikinis funkelten wie das aufgewühlte Meer bei Sonnenuntergang. Ihr Lachen klang wie das Echo ferner Wellen, leicht und verspielt, während sie sich in die Fluten stürzten, um sich von der Hitze des Tages zu erfrischen.

Der Mann jedoch hatte andere Pläne. Mit selbstbewussten Schritten näherte er sich uns, sein Blick direkt, sein Lächeln herausfordernd und doch charmant. Er streckte mir die Hand entgegen, und als ich sie ergriff, spürte ich sofort seine Kraft – ein Händedruck, der Geschichten von wilden Ozeanen und ungezähmten Abenteuern erzählte.

„Ich bin Maurice," stellte er sich vor, seine Stimme tief und leicht rau, als hätte er unzählige Nächte inmitten von Seewind und salziger Luft verbracht. Seine Lippen verzogen sich zu einem strahlenden Grinsen, das selbst die Sonne zu überstrahlen schien. Dann deutete er mit einer lässigen Geste auf das offene Meer, wo eine majestätische Yacht in der sanften Brandung lag, ihr weißer Rumpf glänzend im Sonnenlicht.

„Das da draußen," sagte er mit spielerischer Selbstverständlichkeit, „ist meine kleine Eskapade. Ich würde mich freuen, wenn ihr mich dorthin begleitet."

Ich spürte, wie du kurz den Atem anhieltest, deine Augen leuchteten vor Aufregung. Ich hingegen war weniger überzeugt, versuchte einen Moment lang, dich zur Seite zu ziehen, um unter vier Augen mit dir zu sprechen. Doch deine Aufmerksamkeit war ganz und gar von Maurices magnetischer Ausstrahlung gefesselt. Sein Selbstbewusstsein, sein Charme – es war offensichtlich, dass er es gewohnt war, Menschen in seinen Bann zu ziehen.

Widerwillig stimmte ich schließlich zu, doch ein unbestimmtes Gefühl in meiner Brust blieb bestehen.

Mit einem schelmischen Pfiff rief Maurice die beiden Frauen aus dem Wasser, die lachend zurück zum Boot traten. Geschickt lenkte er das Gefährt zurück ins Meer, während ich, noch immer skeptisch, ihm mit einem letzten Schieben half. Du hingegen warst bereits vertieft in das Gespräch mit ihm, deine Miene aufgeregt und interessiert, während er mit einer Leichtigkeit erzählte, als wäre das Leben selbst nur eine große, schäumende Welle, die man zu reiten hatte.

Als wir schließlich die Yacht erreichten, fühlte es sich an, als wären wir in eine andere Welt eingetreten. Ein Crewmitglied reichte uns Cocktails, deren Farben fast so lebendig leuchteten wie der Himmel bei Sonnenuntergang. Der sanfte Wind trug den Duft von exotischen Früchten und Meersalz heran, während das glitzernde Wasser um uns herum in unendlicher Weite schimmerte.

Maurice führte uns an das Heck des Schiffes, wo ein luxuriöser Pool inmitten weißer Sonnenliegen eingelassen war. Die beiden Frauen, die ihn begleiteten, ließen sich elegant auf den Liegen nieder und legten dabei mit einer völlig selbstverständlichen Geste ihre Bikini-Oberteile ab – als würde sich vor unseren Augen eine neue Welt der Freiheit und Verführung öffnen.

Ich beobachtete dich genau, sah, wie du die Szenerie auf dich wirken ließest, dein Blick eine Mischung aus Neugier und Faszination. Doch dann geschah etwas, das mich überraschte – du griffst nach meiner Hand. Eine simple, aber bedeutungsvolle Geste, die mir einen Anker gab in diesem Moment der Unsicherheit.

Mit einem geschickten Wechsel des Themas lenktest du das Gespräch auf das Shuffleboard-Feld auf dem Deck, deine Neugier an dem Spiel war unverkennbar. Maurice, der keine Gelegenheit ausließ, sich als charmanter Gastgeber zu präsentieren, bot sofort an, dir die Regeln beizubringen.

„Aber erst einmal sollten wir uns umziehen," schlug er vor, während sein Blick spielerisch über unsere Kleidung glitt.

Ich nickte zögernd und folgte dir in eine der Kabinen, die in Luxus kaum zu übertreffen war. Kaum hatten wir die Tür hinter uns geschlossen, drehte ich mich zu dir und sprach aus, was mir auf der Zunge lag.

„Was genau passiert hier gerade?" fragte ich leise, meine Stimme ein Hauch von Eifersucht und Unsicherheit.

Du hieltest meinem Blick stand, und dann tratst du näher an mich heran, legtest deine Hände an meine Wangen.

„Ich wollte dich ein bisschen eifersüchtig machen," gestandest du mit einem leichten Lächeln, doch in deinen Augen lag Ehrlichkeit. „Aber …" – du zögerst kurz – „ich muss zugeben, dass Maurice eine gewisse Anziehungskraft hat."

Ich spürte einen leichten Stich in der Brust, doch bevor ich etwas erwidern konnte, schlossen sich deine Lippen über meine. Der Kuss war tief, intensiv – als wolltest du mir damit beweisen, dass nichts und niemand zwischen uns stehen konnte.

Dann kam der Vorschlag, der alles verändern sollte.

Ein Spiel mit hohen Einsätzen.

Du sahst mich herausfordernd an, dein Blick funkelte vor Abenteuerlust.

„Lass uns eine Wette abschließen," sagtest du leise, deine Finger spielten mit dem Kragen meines Hemdes. „Der Gewinner des Spiels ... bekommt eine Nacht, in der er tun kann, was er will. Eine Nacht, in der der Verlierer nur zusehen darf."

Mein Herz setzte einen Schlag aus.

Ich wusste, dass du mit dieser Herausforderung etwas in mir berührtest – ein Feuer, das sich nicht ignorieren ließ. Trotz meines anfänglichen Zögerns war die Versuchung zu groß, um sie abzulehnen.

Ich ließ einen Moment verstreichen, sog die Spannung zwischen uns in mich auf, dann lächelte ich langsam.

„Also gut," sagte ich, meine Stimme tiefer, als ich es beabsichtigt hatte.

Draußen spielte die Sonne auf den glitzernden Wellen, der Himmel erstreckte sich in unendlicher Weite.

Egal, wie dieses Spiel ausging – diese Nacht würde unvergesslich werden.

SPIEL UM VERLANGEN

Die warme Abendluft ist erfüllt von einem aufregenden Knistern, als wir uns auf das Shuffleboard-Feld begeben. Das sanfte Plätschern der Wellen, das leise Klirren von Gläsern in der Ferne und das gedämpfte Lachen der Partygäste vermischen sich mit der Spannung, die zwischen uns liegt – unsichtbar, aber greifbar, ein erotisches Spiel, das nur wir beide verstehen.

Maurice und die beiden Frauen, die nichts von unserem gewagten Einsatz ahnen, feuern uns enthusiastisch an. Ihre Stimmen hallen über das schimmernde Deck, während wir das Spiel beginnen. Runde um Runde liefern wir uns ein Kopf-an-Kopf-Rennen, doch es ist, als würden wir beide bewusst zurückhalten – als könnten wir uns nicht dazu durchringen, dem anderen die Niederlage zu überlassen.

Doch mit jeder Minute spüre ich, wie mein Ehrgeiz wächst, getrieben von einer Vorstellung, die ich nicht ertragen könnte: dich in den Armen eines anderen zu sehen. Der Gedanke, dich zu teilen, dich zu beobachten, während du von Maurice verführt wirst, schmerzt mehr, als mir lieb ist. Ich merke, dass es nicht nur um das Spiel geht – es ist ein Kampf um Kontrolle, um Besitz, um die unerschütterliche Gewissheit, dass du mir gehörst, wenigstens für diese eine Nacht.

Mein Puls beschleunigt sich, mein Griff um den Puck wird fester. Mit einer Mischung aus Entschlossenheit und einem Hauch von Verzweiflung entscheide ich die alles entscheidende Runde für mich.

Du hältst einen Moment inne, dann trittst du langsam auf mich zu, dein Blick unergründlich. Schließlich legst du deine Arme um meinen Nacken, ziehst mich zu dir und hauchst mir einen Kuss auf die Lippen – ein Kuss, der sich mehr nach Abschied als nach Sieg anfühlt. Ein leises Lächeln spielt um deine Mundwinkel, als hättest du genau gewusst, wie das Spiel ausgehen würde.

Maurice, unser charmanter Gastgeber mit dem untrüglichen Gespür für Timing, erscheint mit einer Magnumflasche Champagner, als hätte er diesen Moment vorhergesehen. Die Korken knallen, das perlende Getränk sprudelt über, während die beiden Frauen entzückt applaudieren. Ich, der ich den Geschmack von Sekt verabscheue, hebe mein Glas zum Schein, während mein Anteil unbemerkt über die Reling verschwindet. Die Frauen, bereits angeheitert, ergreifen die Gelegenheit und ziehen mich spielerisch in den glitzernden Pool.

Das Wasser ist warm, beinahe einhüllend, und die schimmernden Lichter des Pools tauchen die Szenerie in ein fast surreales Leuchten. Die beiden Frauen necken mich, ihre nackten Brüste schimmern im flackernden Licht, ihre Körper berühren meinen immer wieder in einer Art tänzerischem Flirt. Ich lache, spiele mit – bis ich in einem Moment der Unachtsamkeit meine Hose verliere.

Für einen kurzen Augenblick bin ich wie gelähmt. Ich stehe bloßgestellt da, mein Blick sucht instinktiv nach dir – nach deiner Reaktion, nach einem Zeichen, wie ich mich verhalten soll. Doch du bist nicht da.

Mein Herzschlag beschleunigt sich.

Irgendetwas fühlt sich nicht richtig an.

Mit einer entschiedenen Bewegung halte ich die Frauen auf Abstand, ignoriere ihre spielerischen Berührungen, während ich mich aus dem Wasser ziehe. Mein Blick wandert über das Deck, die Bar, den Lounge-Bereich – doch von dir keine Spur.

Und dann sehe ich dich.

Du stehst einige Meter entfernt, mit dem Rücken an eine der glänzenden Säulen des Decks gelehnt. Dein Haar ist noch leicht feucht von der Nachtluft, und dein Körper ist umhüllt von Jeans und einem engen weißen Unterhemd, das durch die sanfte Beleuchtung deiner Brust eine fast durchscheinende Qualität verleiht.

Für einen Moment bleibt mir die Luft weg.

Du weißt nicht, was du in mir auslöst – oder vielleicht weißt du es genau. Denn dieses Bild, genau dieses Outfit, raubt mir jedes Mal aufs Neue den Verstand. Es ist, als hätte jemand meine Gedanken gelesen, als wärst du genau so erschienen, um meine Kontrolle herauszufordern, um mich an den Rand des Wahnsinns zu treiben.

Du trittst langsam auf mich zu, barfuß, anmutig, mit einer Mischung aus Verführung und Unschuld in deinen Bewegungen.

Ich kann nicht widerstehen.

Ich verlasse die Frauen im Pool, trete direkt auf dich zu, ohne den Blick von dir abzuwenden. Ohne ein weiteres Wort schlinge ich meine Arme um deine Taille, hebe dich mühelos hoch. Ein leiser Laut der Überraschung entfährt dir, doch du reagierst sofort, schlingst deine Beine um meine Hüfte, während ich dich ins Innere der Yacht trage.

Die Tür fällt hinter uns ins Schloss.

Ich lege dich sanft auf das große Bett, und für einen Moment liegt Stille zwischen uns – eine Stille, die von unausgesprochenen Worten und rohem Verlangen gefüllt ist.

„Ich weiß, dass unser normales Leben nicht von Exklusivität geprägt ist," murmle ich leise, während ich mich über dich beuge, meine Finger durch dein Haar gleiten lasse. „Aber hier und jetzt ... gibt es für mich nur dich."

Deine Lippen suchen meine, und als sie sich treffen, wird der Kuss tief, besitzergreifend. Unsere Berührungen werden dringlicher, unsere Körper sprechen eine Sprache, die keine Worte mehr braucht.

Meine Lippen wandern zu deinem Hals, erkunden mit sanften Küssen die warme, weiche Haut. Ich höre deinen leisen, unkontrollierten Atem, spüre, wie deine Finger sich an meinen Rücken klammern, während ich mich weiter über dich beuge.

Durch das dünne Unterhemd hindurch streichen meine Hände über deine Brüste, meine Finger umspielen deine festen Brustwarzen, während meine Lippen sich langsam über deine Haut tasten, tiefer, genussvoller.

Mit einer einzigen Bewegung ziehe ich dir das Hemd über den Kopf, meine Hände fahren über deinen nun entblößten Oberkörper, meine Lippen folgen dem Weg meiner Finger, während meine Zunge feine, unsichtbare Spuren hinterlässt.

Draußen glitzern die Sterne über dem endlosen Ozean.

Doch hier, in diesem Moment, gibt es nur dich und mich. Und das Wissen, dass diese Nacht alles verändern könnte.

Ich lecke deine Fußsohlen, lutsche an deinen Zehen, ehe ich meinen harten Schwanz zwischen deinen Sohlen reibe. Ich öffne deine Jeans, ziehe sie herunter. Da du kein Höschen an hast, liegst du nun nackt vor mir. Ich begrabe meinen Kopf zwischen deinen Beinen und küsse, sauge und lecke an deiner Klitoris. Erregt packst du meinen Arm und ziehst mich zu dir hinauf. Mein Schwanz findet sofort seinen Weg in dich.

Als wir uns vereinen, bebt der Raum unter unserem Rhythmus. Erst stoße ich langsam zu. Dann noch einmal, und noch einmal. Jetzt ein harter Stoß, gefolgt von drei Leichten. Wieder ein harter, wieder drei leichte. Ich mache dich damit wahnsinnig. Du bittest mich, dich zu ficken. Ich lege deine Beine auf meine Schultern und stoße härter zu. Ich erhöhe die Frequenz der Stöße, synchron mit unseren Herzschlägen. Doch just in dem Moment der höchsten Intensität, als unsere Welt auf den bloßen Kontakt zwischen uns reduziert scheint, zerschmettert das laute Klirren eines brechenden Fensters die Nacht. Blendendes Licht erfüllt den Raum und schlagartig ist alles anders.

FLUCHT INS UNGEWISSE

Ein ohrenbetäubender Knall reißt uns aus unserer Leidenschaft. Die Tür wird mit brutaler Wucht aufgestoßen, und noch bevor wir realisieren, was geschieht, strömen bewaffnete Männer in den Raum. Ihre Rufe sind scharf, fremdartig, aggressiv – ein bedrohliches Crescendo, das die Luft mit Angst durchtränkt. Reflexartig fahre ich hoch, während du dich erschrocken an mich klammerst.

Doch es gibt kein Entrinnen.

Die Männer stürzen sich auf uns, ihre rauen Hände packen unsere Arme, reißen uns aus unserem Refugium der Lust und werfen uns unbarmherzig auf die kühlen, glänzenden Planken des Decks. Wir sind nicht allein. Am Rand des Pools, unter der flackernden Beleuchtung der Yacht, knien Maurice, die beiden Frauen und Teile der Crew, umringt von unseren maskierten Entführern. Ihre Gewehre funkeln bedrohlich im Mondlicht.

Maurice bleibt unerschütterlich. Sein Blick ist kühl, fast herausfordernd. Doch die Männer wollen etwas von ihm – das ist offensichtlich. Sie brüllen ihn in einer Sprache an, die ich nicht verstehe, doch ihre Körpersprache spricht Bände. Es geht um etwas Wertvolles. Etwas, das sie mit allen Mitteln einfordern wollen.

Aber Maurice schweigt.

Sein unbeugsames Schweigen entfacht ihre Wut. Der Anführer, ein hochgewachsener Mann mit einer tiefen Narbe über der Wange, hebt das Gewehr, seine Finger verkrampfen sich am Abzug. Er gibt seinen Männern ein scharfes Kommando. Fast alle verschwinden im Inneren der Yacht, beginnen, nach dem zu suchen, was Maurice verheimlicht. Der Anführer selbst packt ihn am Kragen und zerrt ihn ebenfalls ins Innere, seine Schritte hallen hart auf dem Holzdeck.

Zurück bleibt nur ein einzelner Wächter – ein bulliger Mann mit einem grimmigen Gesicht, das im flackernden Licht des Pools noch unheimlicher wirkt.

Mein Blick gleitet zu dir.

Inmitten der Anspannung, der Angst und der drohenden Gewalt finden sich unsere Augen. Ein wortloser Austausch, eine stumme Übereinkunft. Wir wissen, dass wir nur eine einzige Chance haben.

Ich beuge mich leicht zu dir und flüstere dir so leise zu, dass nur du es hören kannst. „Lenk ihn ab."

Du verstehst sofort.

Langsam, fast beiläufig, öffnest du deine Beine, dein knapper Stoff rutscht ein wenig nach oben, gerade genug, um den Mann aus dem Konzept zu bringen. Sein Blick flackert, wandert unwillkürlich über deine Schenkel. Es dauert nicht lange, bis sein Griff um sein Gewehr lockerer wird, seine Konzentration abschweift – genau der Moment, auf den ich gewartet habe.

Blitzschnell springe ich auf, ramme meine Schulter in seinen Brustkorb, überrasche ihn mit einem Schlag, der ihn taumeln lässt. Noch bevor er sich fassen kann, packe ich seine Waffe und reiße sie ihm aus den Händen. Ein überraschter Laut entweicht ihm – dann stoße ich ihn mit aller Kraft über die Reling.

Ein lauter Platsch.

Er verschwindet in den Wellen.

Für einen Moment halte ich inne, lausche – keine weiteren Schritte, keine Alarmrufe.

„Jetzt!" flüstere ich.

Schnell lösen wir das Seil des kleinen Motorboots. Ich starte den Motor, leise, so leise wie möglich, und schiebe uns vorsichtig vom Schiff weg. Das Geräusch der aufschäumenden Wellen überdeckt unsere Bewegung, während wir uns unter dem dichten Sternenhimmel davonstehlen.

Unsere Herzen schlagen wild, unser Atem geht schwer, doch mit jeder Sekunde, die wir uns weiter entfernen, wächst die Hoffnung.

Endlich sind wir frei.

Die dunkle Weite des Ozeans umgibt uns, endlos und mystisch, eine lebendige, atmende Leinwand unter dem silbernen Glanz des Sternenhimmels. Ich schalte den Motor aus, will nicht riskieren, dass uns jemand folgt.

Stille.

Nur das sanfte Säuseln des Windes, das leise Plätschern der Wellen gegen den Rumpf des Bootes.

Wir sprechen kein Wort.

Die Spannung dieses Augenblicks, die schiere Erleichterung, am Leben zu sein, webt sich unsichtbar durch die Nacht. Dann endlich, nach einer Ewigkeit, flüstere ich:

„Ich glaube … wir haben es geschafft."

Du antwortest nicht mit Worten.

Plötzlich bewegst du dich, mit einer Intensität, die mich überrumpelt. Du springst auf meinen Schoß, umarmst mich fest, so fest, als könntest du dich nie wieder von mir lösen. Dein Herz pocht wild gegen meine Brust, unser Atem vermischt sich. Die rohe, pure Erleichterung wird von etwas anderem überlagert – von Verlangen, von der unkontrollierbaren Energie eines Moments, der sich wie der einzig wahre in dieser endlosen Nacht anfühlt.

Über uns erstreckt sich ein Himmel, in dem Millionen von Sternen tanzen. Die Milchstraße leuchtet so hell, dass sie dein Gesicht in ein fast unwirkliches Licht taucht. Ich erkenne Dankbarkeit in deinen Augen, doch etwas anderes glimmt darunter – eine Sehnsucht, roh und ungestillt.

Unsere Lippen finden sich, suchen Halt in einem Kuss, der mehr bedeutet als alle Worte, die wir sprechen könnten. Er ist wild, hungrig, ein Akt des Lebens nach der Bedrohung des Todes.

Wir sind beide noch halb bekleidet, doch mit jeder Berührung werden die Grenzen zwischen Stoff und Haut bedeutungsloser. Ich spüre deine warme Feuchtigkeit, wie sie sich durch die letzte Barriere zwischen uns drängt. Deine Hände gleiten über meinen Rücken, deine Finger verkrallen sich in meine Schultern, als würdest du dich an der einzigen Realität festhalten, die jetzt noch zählt: uns.

Ein sanftes Stöhnen entweicht dir, kaum mehr als ein Hauch im Wind, doch es durchfährt mich wie ein Blitz.

Und dann, ohne zu zögern, nehmen wir uns, was wir beide so dringend brauchen – nicht nur Lust, sondern die Bestätigung, dass wir leben. Dass wir hier sind. Dass wir einander haben, wenn nichts anderes sicher ist.

Das Boot wiegt sich sanft auf den Wellen, während wir eins werden, getragen von der Dunkelheit, von der Unendlichkeit des Ozeans, von der wilden Schönheit dieses Augenblicks.

GEFLÜSTER DER SIRENEN

Wir wachen auf, es ist sehr kalt geworden. Du zitterst und kuschelst dich näher an mich, versuchst, die Wärme meines Körpers zu spüren. Die Dunkelheit der Nacht umhüllt uns wie ein schwerer Mantel, keine Sterne sind zu sehen, nur das unheimliche Flüstern des Meeres, das in tiefem Nebel gehüllt zu sein scheint. Ich versuche den Motor des Bootes zu starten, doch ohne Erfolg. Die Kälte kriecht uns in die Knochen, und die Spannung steigt.

In der Ferne höre ich etwas. Es klingt wie Musik, wie das süße und verlockende Singen einer Frau. Die schönen Klänge werden lauter und nehmen meine Sinne gefangen. Es klingt nach drei Stimmen, die engelsgleich singen und eine magische Melodie weben. Du kannst nichts hören und verstehst meine Neugierde nicht, während du weiter vor Kälte zitterst. Doch in mir breitet sich eine seltsame Wärme aus, die meinen Körper durchströmt und mich erfasst.

Plötzlich ruckt das Boot und wir stranden. Ich steige aus, getrieben von der unwiderstehlichen Anziehung der Stimmen. Du versuchst mich festzuhalten, deine Hände klammern sich an mich, doch ich reiße mich los, getrieben von einer unbekannten Macht, die langsam Besitz von mir ergreift. Du schreist meinen Namen, doch ich kann dich nicht mehr hören. Nur noch die drei schönen Stimmen ziehen mich magisch an. Ich komme ihnen immer näher.

Ich laufe zuerst über den kalten Sand, der bald in weiches, federndes Moos übergeht. Vor mir tanzen drei Frauen, jede von ihnen eine Verkörperung verführerischer Schönheit. Die erste hat lange, rote Locken, ihr Körper ist prall und ihre Oberweite üppig. Sie trägt nur ein langes Männerhemd, das ihren verführerischen Körper kaum verdeckt. Die zweite ist zierlich, mit kurzen schwarzen Haaren und einem kurzen Kleid, unter dem sich seidene Strümpfe bis zu ihren Schenkeln spannen. Die dritte hat lange, blonde geflochtene Zöpfe und trägt eine dunkelblaue Jeans und ein enges weißes Unterhemd.

Ich tanze mit allen dreien, eng umschlungen. Ihre warmen Körper pressen sich an meinen, und ich fühle ihre Hände überall auf meiner Haut. Jede von ihnen schenkt mir einen intensiven Zungenkuss, der mich erschauern lässt. Mein Schwanz steht stramm empor, und sie streicheln ihn mit ihren sechs Händen, was mich fast den Verstand verlieren lässt. Die rothaarige öffnet langsam die Knöpfe ihres Hemdes, einer nach dem anderen. Große, hängende Brüste mit einladenden Brustwarzen kommen zum Vorschein, und ich kann nicht anders, als sie zu massieren und zu küssen.

Als ich die letzten Knöpfe öffne, sehe ich ihre behaarte Fotze, die mich unwiderstehlich anzieht. Doch bevor ich sie näher betrachten kann, reißt mich die dunkelhaarige herum. Sie beugt sich vor und zeigt mir, dass sie unter ihrem Kleid kein Höschen trägt. Mit einem verführerischen Blick fordert sie mich auf, näher zu kommen. Ich knie mich vor ihrem Hintern und lecke ihre nasse Spalte, meine Zunge dringt tief in sie ein und bringt sie zum Stöhnen. Doch plötzlich stößt mich die blonde um. Ich liege auf dem Rücken, und sie streckt mir ihren Fuß ins Gesicht, während die rothaarige sich auf mich setzt. Mein harter

Schwanz gleitet zwischen ihren feuchten Schamlippen hin und her, und ich kann das warme, nasse Gefühl kaum ertragen.

Du bist mir nachgelaufen und siehst, was los ist. Die Frauen versuchen, mich zu verführen, und es gelingt ihnen. Ich nehme dich nicht wahr, höre nicht deine verzweifelten Schreie. Du versuchst, mich wegzuziehen, doch hast keine Chance gegen die drei Sirenen. Panik breitet sich in deinen Augen aus, und du weißt, dass wenn ich ihnen meinen Samen schenke, ich für immer verloren bin, gefangen in einer dunklen Welt.

Mit einem verzweifelten Schrei stößt du die Sirenen von mir weg. Deine Augen suchen meine, und du rufst meinen Namen. Deine Stimme dringt endlich zu mir durch, und ich sehe dich an. Ich sehe deine wunderschönen Augen, dein zauberhaftes Gesicht und dein wunderbares inneres Wesen. Plötzlich ist der Nebel verschwunden, die Sirenen sind weg. Nur wir beide liegen uns in den Armen, du hast mich gerettet.

Unsere Körper verschmelzen in der kalten Nacht, doch die Wärme unserer Liebe lässt uns die Kälte vergessen. Deine Hände erkunden meinen Körper, während ich dich zärtlich küsse. Wir finden uns in einem leidenschaftlichen Liebesspiel wieder, das uns beide erfüllt und uns in den frühen Morgenstunden in den Schlaf wiegt, während das Meer um uns herum sanft rauscht.

SINNLICHE MORGENRÖTE

Die ersten sanften Sonnenstrahlen brechen durch das dichte Blätterdach der Palmen und tauchen die Welt in warmes Gold. Die Nacht liegt noch wie ein süßer Nachhall in der Luft, doch der neue Tag erwacht langsam, während das Meer mit sanften Wellen an den weißen Sandstrand schlägt.

Ich bin der Erste, der die Augen öffnet.

Du liegst friedlich in meinen Armen, dein Atem geht ruhig, gleichmäßig. Deine weiche Haut schmiegt sich an meine, und ich spüre die Wärme deines Körpers wie einen stillen Beweis unserer letzten Nacht. Ein leises, kaum hörbares Schnarchen entweicht deinen Lippen – ein zarter, unschuldiger Laut, den du niemals zugeben würdest. Ein Schmunzeln huscht über mein Gesicht, während ich sanft mit den Fingern durch dein Haar fahre und diesen perfekten Moment in mich aufsauge.

Es ist, als wäre die Welt für einen Moment stehen geblieben.

Das türkisblaue Meer erstreckt sich bis zum Horizont, das Rauschen der Wellen vermischt sich mit dem fernen Ruf tropischer Vögel, die den neuen Tag begrüßen. Ein warmer Windhauch trägt den Duft von Salz, Kokos und blühenden Blumen heran – der Geruch von Freiheit, Abenteuer, Liebe.

Alles fühlt sich so surreal an, als wäre die letzte Nacht nur ein Traum gewesen.

Mein Blick fällt auf eine Schildkröte, die langsam und gemächlich aus dem Wasser ans Ufer kriecht. Ihr Panzer glänzt im Licht der Morgensonne, während sie gemächlich näherkommt und für einen Moment neben uns verweilt. Sie hebt ihren Kopf, schaut mich direkt an – und in diesem Blick scheint etwas zu liegen, eine stille Botschaft, ein tieferes Wissen, das ich nicht ganz begreife.

Dann zieht sie weiter, ihre Spuren im Sand hinterlassend, während in meinem Kopf eine unausgesprochene Frage zurückbleibt.

Plötzlich hörst du dich im Schlaf murmeln. Es sind undeutliche Worte, von denen ich nur einzelne Laute verstehe, doch ein sanftes, glückliches Lächeln breitet sich über dein Gesicht aus.

Was träumst du wohl?

Ich beobachte dich voller Zärtlichkeit, bis du langsam die ersten Zeichen des Erwachens zeigst. Deine Lider flattern, du reckst dich leicht, bevor deine Augen sich träge öffnen und sich an die Helligkeit gewöhnen.

Verwirrt siehst du dich um, als würdest du erst jetzt realisieren, dass wir an einem fremden Ort sind – doch als unser Blick sich trifft, schenkst du mir ein strahlendes, noch verschlafenes Lächeln und ziehst mich in einen sanften, zärtlichen Kuss.

„Wir sollten herausfinden, wo wir sind," murmele ich an deine Lippen, während ich dich noch immer in meinen Armen halte.

Du nickst, und wir beschließen, den Tag mit einer Erkundungstour zu beginnen.

Hand in Hand schlendern wir am Wasser entlang. Der weiche, feine Sand umschmeichelt unsere Füße, während die Morgensonne unsere Haut liebkost. Noch immer sind wir nackt, von der Nacht und der Sonne in ein warmes Gold getaucht. Es fühlt sich herrlich an – frei, lebendig, ungebunden.

Unser Weg führt uns zu felsigen Klippen, deren raue, von der Sonne erwärmte Steine bis ins Wasser ragen. Vorsichtig klettern wir hinauf, die Hitze des Gesteins unter unseren Fußsohlen spürend, bis wir den höchsten Punkt erreichen. Als wir hinabblicken, offenbart sich uns eine vertraute Szenerie – unsere Hütte, eingebettet zwischen Palmen, nur wenige Gehminuten entfernt.

Ein überraschtes Lachen entfährt mir. „Wir waren die ganze Zeit auf unserer kleinen Insel."

Doch bevor ich weiterreden kann, rufst du plötzlich: „Wer zuerst unter der Dusche ist!" – und rennst los.

Einen Moment brauche ich, um zu begreifen, was gerade passiert, dann jage ich dir lachend hinterher.

Gerade als ich dich einhole und nach deiner Hüfte greife, stolpern wir über den Sand und fallen gemeinsam lachend zu Boden. Wir purzeln übereinander, während unsere Körper im warmen Sand landen, unsere Haut sich berührt, unsere Lachen ineinander verschmelzen.

Ich beuge mich über dich, mein Blick trifft den deinen, meine Lippen nur einen Hauch von deinen entfernt – doch genau in diesem Moment nutzt du die Gelegenheit, entwindest dich frech und rennst erneut los. Diesmal lasse ich dich gewinnen.

Unter der Dusche finden sich unsere Lippen schließlich doch wieder. Das warme Wasser prasselt auf uns herab, umhüllt uns in einem Kokon aus Hitze und Dampf. Unsere Hände gleiten über nackte Haut, seifen uns gegenseitig ein, spülen den Sand und die Erinnerungen der letzten Nacht von unseren Körpern.

Deine Finger wandern tiefer, deine Berührungen werden frecher. Mit einem verschmitzten Lächeln umschließt du meinen inzwischen hart gewordenen Schaft und murmelst: „Der muss auch sauber sein."

Ich spüre, wie deine Handbewegungen schneller werden, wie du mich mit jeder Berührung in den Wahnsinn treibst – doch dann halte ich dich zurück.

Verwirrt siehst du mich an.

„Ich will dieses Gefühl länger auskosten," erkläre ich dir mit rauer Stimme. Du lächelst, gibst nach – vielleicht auch, weil dein Magen genau in diesem Moment laut knurrt.

Das Essen lassen wir in die Hütte liefern. Du entscheidest dich, nackt zu bleiben, weil du das Gefühl von Freiheit, von Lebendigkeit immer mehr genießt. Ich beobachte dich, während du dich auf die Liege legst, deine Haut in der Sonne glänzt, deine Augen entspannt geschlossen.

Als das Essen schließlich kommt, bringe ich die Pizza zu dir. Wir lachen, teilen uns jeden Bissen, erzählen uns Geschichten – und entdecken dabei immer wieder neue Facetten aneinander, obwohl wir uns schon so gut kennen.

Nach der letzten Kruste lehnst du dich zurück, seufzt genüsslich.

„Vor dem Nachtisch brauche ich eine Pause."

Ich beobachte dich, wie du da liegst, deine Haut leicht feucht von der Hitze, dein Körper so verführerisch entspannt. Ein Lächeln stiehlt sich auf meine Lippen, als ich zur Kühlbox greife.

Ich setze mich neben dich, nehme eine kleine Portion Eis auf einen Löffel – und platziere sie direkt auf deiner Brustwarze.

Du atmest tief ein, doch du lässt die Augen geschlossen, ein zufriedenes Lächeln auf deinen Lippen.

Langsam beuge ich mich hinab, meine Zunge nimmt das kalte Eis auf, saugt sanft an deiner Brustwarze, bis du ein leises, genussvolles Stöhnen von dir gibst.

Ich wiederhole das Spiel mit der anderen Brust, dann nehme ich eine Erdbeere, tauche sie in das schmelzende Eis und lege sie auf deinen Körper, bevor ich sie mit meinen Lippen aufnehme.

Ich bringe eine der Erdbeeren zu deinen Lippen, reiche sie dir mit meinem Mund, und unsere Zungen treffen sich, während du genüsslich daran knabberst.

Dann greife ich nach einem Glas Hugo mit Eiswürfeln, lasse einen kühlen Schluck in deinen Bauchnabel laufen – und lecke ihn genussvoll wieder aus.

Dein Körper erbebt leicht.

Ich wandere tiefer, meine Lippen, meine Zunge, meine Hände nehmen sich Zeit, jede Kurve, jede Linie deines Körpers zu erkunden.

Und als meine Zunge schließlich deine feuchte Mitte erreicht, weiß ich, dass der wahre Nachtisch erst beginnt.

ZWISCHEN EIFERSUCHT UND ABENTEUER

Die letzten Tage auf unserer Insel waren wie ein Traum – voller Zärtlichkeit und leidenschaftlicher Augenblicke. Jeder Moment mit dir war intensiv, voller Nähe und Liebe, und doch regt sich in mir eine leise, irrationale Angst. Obwohl du mir nie auch nur ansatzweise das Gefühl gibst, könnte ich nicht umhin, mir auszumalen, dass du vielleicht die Abwechslung suchst. Also entschließe ich mich, dich mit einem Ausflug zu überraschen – weg von der Abgeschiedenheit unserer Insel, hinein in das pulsierende Leben einer nahegelegenen Stadt.

Es ist noch früh am Morgen, als wir aufbrechen. Du bist noch halb in deinen Träumen gefangen, deine Augen schwer vor Müdigkeit, weil du es nicht mehr gewohnt bist, so früh aufzustehen. Mit einem verschmitzten Lächeln drücke ich dir eine dampfende, extra große Tasse Kaffee in die Hand. Du nimmst einen Schluck und lächelst, sagst scherzhaft, ich solle dir doch etwas anderes "besorgen". Deine Neckerei bringt mich zum Lachen, und ich kann es kaum erwarten, was der Tag für uns bereithält.

Mit einem kleinen Boot überqueren wir das türkisfarbene Wasser, die salzige Meeresbrise weht durch dein Haar, während du verträumt in die Ferne blickst. Nach etwa zwei Stunden legen wir in einer lebhaften Hafenstadt an. Schon beim

Anlegen spüren wir das geschäftige Treiben – Händler rufen ihre Waren aus, Menschen strömen über die schmalen Gassen, und das Geräusch von hupenden Rollern liegt in der Luft. Kaum sind wir von Bord, werden wir von einer Gruppe Männer umringt, die sich uns als Taxifahrer oder Touristenführer anbieten. Unter ihnen sticht ein großer, muskulöser Mann heraus, dessen Charisma dich sofort zu faszinieren scheint. Ohne groß zu zögern, entscheidest du dich für ihn und einen weiteren Fahrer – beide auf knallroten Rollern, die uns die Stadt zeigen sollen. Wir bekommen noch jeder eine kleine Kugel in die Hand gedrückt. Es ist ein süßer Kaugummi, und in der Tat scheinen alle hier Kaugummi zu kauen. Als er in unserem Mund verschwindet sagen unsere Begleiter: "Jetzt seid ihr einer von uns"

Bevor es losgeht, bekommst du noch einen Helm – allerdings keinen gewöhnlichen, sondern einen knallgrünen Fahrradhelm, der viel zu groß für deinen Kopf ist. Der Anblick ist herrlich komisch, und ich kann mir ein herzhaftes Lachen nicht verkneifen, als ich sehe, wie der Helm auf deinem schönen Kopf fast wackelt. Doch du nimmst es gelassen, ziehst die Riemen fest und steigst selbstbewusst auf den Roller des großen Mannes. Deine Hände greifen um seine Hüften, vielleicht etwas zu fest – und ich spüre, wie ein kleines Gefühl der Eifersucht in mir aufkeimt.

Die Fahrt durch die Stadt ist ein wildes Abenteuer. Die Männer zeigen uns prachtvolle historische Gebäude, Märkte, auf denen das Leben in bunten Farben tobt, und führen uns schließlich in ein kleines, einheimisches Restaurant. Die Küche hier ist scharf, doch mein Gericht scheint es besonders in sich zu haben – es ist so scharf, dass mir der Schweiß von der Stirn rinnt. Ich schnappe mir ein Papiertuch und werfe es gekonnt durch den quadratischen schwarzen Deckel in den Mülleimer, nachdem ich mir das Gesicht abgetupft habe. Als ich zurückkomme, entdecke ich eine kleine Szene, die meinen Eifersuchtsanfall nur noch verstärkt: Der muskulöse Typ steckt dir gerade eine Haarspange ins Haar – mit einer Blume, die einem zarten Weidenröschen ähnelt. Du siehst wunderschön aus, doch ich kann nicht leugnen, dass mich das intensive Flirten des Mannes ein wenig aus der Fassung bringt.

Später, beim Spaziergang an der Strandpromenade, wollte ich deine Hand nehmen, doch du ziehst sie sanft weg. Es scheint, als würdest du die Aufmerksamkeit von uns dreien regelrecht genießen, und das bringt mich innerlich ein wenig durcheinander. Während wir uns ein Eis kaufen – ich genieße mein Heidelbeereis in sattem Lila – beobachte ich, wie du provokant an deinem Eis leckst. Deine Zunge gleitet über das kühle Dessert, und ich merke, wie eine prickelnde Spannung zwischen uns entsteht. Doch nicht nur ich scheine von deinem verführerischen Spiel gefangen zu sein.

Plötzlich weicht dein Blick von mir ab und wandert hinauf zum Himmel, wo du einen Heißluftballon entdeckst, der majestätisch über der Stadt schwebt. Du siehst mich an, und ich erkenne sofort den Wunsch in deinen Augen, dort oben zu sein – die Abenteuerlust, die in dir entfacht wurde. Unsere Begleiter verstehen sofort und wissen, wo wir so eine Fahrt buchen können. Keine halbe Stunde später sind wir unterwegs zu einem kleinen Platz am Stadtrand, wo der Ballon bereits vorbereitet wird.

Ich verhandle mit dem Betreiber – nur drei Personen dürfen mitfliegen. Doch als ich mich gerade umdrehen will, um zu dir zurückzukehren, bleibe ich mit der Hand am Geländer hängen und fange mir einen fiesen Splitter ein. Mein Finger blutet leicht, aber ich mache mir nicht viel daraus. Mit meinem Taschenmesser hole ich den Holzsplitter heraus, doch der Ballonbetreiber und seine Frau – eine Krankenschwester – machen viel Aufhebens um die kleine, durchaus eklig aussehende, runde Wunde. Sie bestehen darauf, mich zu verarzten, was bedeutet, dass der Start des Ballons sich verzögern würde. Plötzlich scheint alles ins Stocken zu geraten, und die Aussicht, den Moment in luftiger Höhe zu erleben, rückt in weite Ferne.

ZWISCHEN HIMMEL UND MEER

Der Abend bricht langsam herein, und die Luft um uns herum ist von der warmen Brise des nahen Meeres erfüllt. Meine Bemühungen, doch noch mit dir im Heißluftballon fliegen zu können, sind gescheitert. Die Leute hier bestehen darauf, dass ich nicht mit meiner verletzten Hand mitfliegen kann. Der Splitter war zwar klein, aber die Einheimischen machen ein großes Drama daraus. Ich gebe auf und akzeptiere widerwillig, dass ich nicht mitfliegen werde.

"Zumindest du solltest fliegen", sage ich zu dir, obwohl der Gedanke, dass du alleine mit diesem großen, muskulösen Typen in den Himmel steigst, mich innerlich zerreißt. Doch du winkst sofort ab, dein Blick verrät eine Mischung aus Ärger und Enttäuschung. "Wie kommst du überhaupt auf die Idee, dass ich dich alleine lassen würde?", fragst du scharf, und ich merke, dass ich einen wunden Punkt getroffen habe. Du lässt es gar nicht erst zu, mich aus den Augen zu verlieren.

Unsere beiden Begleiter verabschieden sich schließlich und fahren mit ihren Rollern davon. Damit haben wir auch unsere Rückfahrmöglichkeit verloren. Der Ballonbetreiber hat kein weiteres Interesse an uns, nachdem die Fahrt abgesagt wurde, und so werden wir höflich, aber bestimmt hinauskomplimentiert. Und so stehen wir plötzlich ganz allein auf dem großen Platz, wo der majestätische Heißluftballon immer noch verankert ist, langsam vom Wind geschaukelt. Die Sonne steht tief am Horizont und taucht die Szenerie in ein goldenes Licht, das den Moment fast surreal erscheinen lässt.

"Lass uns wenigstens ein Foto machen", sage ich, um die Stimmung aufzulockern. Wir gehen näher an den Ballon heran, und ich ermutige dich, in den Korb zu klettern. Du strahlst mich an, dein Lächeln lässt mein Herz schneller schlagen, und ich kann nicht widerstehen, ein paar Fotos zu schießen. Die Kamera liebt dich – dein Haar, das leicht im Wind weht, deine Augen, die im warmen Licht der untergehenden Sonne funkeln, und dein Lächeln, das die Welt für mich stillstehen lässt.

Du rufst mich zu dir in den Korb, und ich komme lachend dazu. „Lass uns ein Selfie machen", sagst du und hältst dein Handy hoch. Ich stelle mich neben dich, strecke meinen Arm so weit aus, wie ich kann, um möglichst viel von uns und dem Ballon im Bild zu haben. Wir drücken uns aneinander, lächeln für die Kamera und machen ein paar schnelle Fotos.

Dann, fast wie von selbst, ziehen sich unsere Blicke zueinander. Ein kleines Lächeln umspielt deine Lippen, und ich kann die Verlockung in deinen Augen erkennen. Wir küssen uns, erst zögerlich, fast schüchtern für das Foto, doch es dauert nicht lange, bis der Kuss tiefer und leidenschaftlicher wird. Deine Hände gleiten sanft über meinen Rücken, und ich spüre, wie meine eigene Begierde erwacht. Die Hitze zwischen uns steigt, und die Welt um uns herum scheint sich aufzulösen. Es gibt nur noch uns beide, den Moment, der sich in die Ewigkeit zu dehnen scheint.

Plötzlich blitzt ein vertrautes Funkeln in deinen Augen auf. Du ziehst dich sanft zurück, dein Lächeln ist verheißungsvoll und wissend. Ohne ein Wort kniest du vor mir nieder. Deine Hände öffnen behutsam meine Hose. Mein Atem stockt, mein Herz schlägt heftiger, als du fortfährst. Dein Mund umschließt mich, ein elektrisierendes Gefühl durchzückt meinen Körper.

Deine Zunge umspielt meine Eichel. Während mein Herzschlag sich intensiviert, entledigst du dich unbemerkt deiner Kleidung.

Dann stehst du auf, ein schelmisches Grinsen auf deinen Lippen. Ohne Vorwarnung drehst du dich mir zu, die Rückseite deines Körpers anbietend, während du dich am Geländer des Korbes festhältst. Ich trete näher, spüre bereits deine Erregung, die Hitze, die Nässe. Ohne Zögern dringe ich in dich ein, unsere Körper finden sofort einen intensiven Rhythmus. Klatschen aneinander zum Takt der Lust. Deine Laute der Lust hallen in meinen Ohren, während du mich anflehst, dich zu ficken, und ich komme deinem Verlangen nach – tief und bestimmt. Unsere Bewegungen werden schneller, und überraschenderweise erreichst du rasch einen Höhepunkt. Doch ich höre nicht auf, dich zu nehmen, dich zu ficken, tiefer. Dein Stöhnen wird lauter, während du dich mir vollkommen hingibst. Der Korb schaukelt unter unserem wilden Tanz, während wir beide von unserer Lust überwältigt werden. Keuchend, stöhnend, treibe ich uns beide einem unvermeidlichen Höhepunkt entgegen. Mein harter Schwanz rammt immer schneller in dein innerstes. Ich gebe mich ganz dem Moment hin, spüre, wie ich in dir komme, während du ein weiteres Mal den Gipfel der Lust erreichst. Ein überwältigendes Gefühl der Erschöpfung und Zufriedenheit erfasst uns, als wir realisieren, dass sich der Ballon gelöst hat. Wir fliegen davon, allein mit unserer neu entfachten Leidenschaft, hoch über der Welt, weit weg von allem, was uns bindet.

Während der Heißluftballon langsam höher steigt und uns vom Festland weg und über das offene Meer trägt, beginnt in dir Panik aufzusteigen. Die Szene wechselt abrupt von unserer intimen Zweisamkeit zu einer ungewissen und potenziell gefährlichen Lage. Doch ich nehme dich fest in meine Arme, versuche dich zu beruhigen, während die Sonne am Horizont versinkt und uns in ein malerisches, aber furchteinflößendes Zwielicht taucht. Die Schönheit des Sonnenuntergangs ist überwältigend, doch sie kann unsere Sorgen nicht gänzlich überstrahlen.

"Ich bin bei dir," flüstere ich, mein Gesicht dicht an deinem. "Gemeinsam finden wir einen Weg nach unten." Du nickst, und in deinen Augen sehe ich sowohl die Angst als auch das unerschütterliche Vertrauen, das du in uns setzt.

Unser Blick wendet sich dem Korb zu, in dem wir stehen. Ich beginne, nach irgendwelchen Hinweisen oder Werkzeugen zu suchen, die uns helfen könnten, die Kontrolle über den Ballon zu erlangen oder zumindest unsere Lage zu stabilisieren. Glücklicherweise finde ich eine kleine, aber möglicherweise nützliche Anleitung zum Betrieb des Ballons, die in einer Seitentasche des Korbes steckt. Ich lese hastig die Anweisungen, um zu verstehen, wie wir die Brenner kontrollieren und möglicherweise eine sanfte Landung einleiten können.

"Schau," sage ich, während ich dir die Anleitung zeige. "Wir können versuchen, die Höhe zu regulieren und langsam abzusteigen. Es wird nicht einfach, aber es ist möglich." Du nickst erneut, diesmal mit einer Spur von Entschlossenheit.

Die nächsten Stunden verbringen wir damit, vorsichtig die Brenner zu justieren und die Windströmungen zu unserem Vorteil zu nutzen. Es ist ein langsamer, nervenaufreibender Prozess, bei dem jeder von uns auf den anderen angewiesen ist, um stabil und ruhig zu bleiben. Die Dunkelheit umhüllt uns nun vollständig, und die Sterne beginnen am Himmel zu erscheinen, was uns ein Gefühl von unendlicher Weite vermittelt, aber auch die beunruhigende Erinnerung daran, wie isoliert wir gerade sind.

Durch unsere gemeinsamen Anstrengungen und deine erstaunliche Fassung trotz deiner Höhenangst beginnen wir allmählich, die Höhe zu verringern. Die Kälte des Meereswindes zieht auf, und ich ziehe dich näher zu mir, um uns beide zu wärmen. Die Vertrautheit unserer Umarmung gibt uns Trost, und unsere Gespräche – leise, durchdacht und ermutigend – helfen uns, die Nervosität zu mindern.

Schließlich erkennen wir eine kleine Insel in der Entfernung, die im Mondlicht schimmert. Mit letzter Anstrengung und koordiniertem Handeln lenken wir den Ballon in Richtung dieser potenziellen Zuflucht. Unsere Landung, obwohl etwas holprig, ist erfolgreich, und der Ballon setzt sanft auf dem sandigen Strand der unbekannten Insel auf.

Erschöpft, aber überglücklich, dass wir sicher gelandet sind, lassen wir uns im Sand nieder, blicken auf das Meer hinaus und die Sterne oben. "Wir haben es geschafft," sagst du, und in deiner Stimme schwingt ein Gefühl der Bewunderung für das Abenteuer, das wir gerade gemeinsam überstanden haben.

Diese Erfahrung, so erschreckend sie auch war, hat unsere Bindung noch weiter vertieft. Wir wissen nun, dass wir zusammen jeder Herausforderung gewachsen sind. In der stillen, sternenklaren Nacht liegen wir nebeneinander, lauschen dem sanften Wellenschlag und spüren, wie sich unser Atem beruhigt. Hier, weit weg von der Zivilisation, fühlt es sich an, als hätten wir die ganze Welt für uns allein.

EIN ABSCHIED IM LICHT DER MORGENSONNE

Ich sitze hier, umgeben von der warmen Brise des Meeres, das Rauschen der Wellen ein stetiger Begleiter meiner Gedanken. Die Sonne wirft ihr goldenes Licht über das endlose Blau, und für einen Moment scheint es, als würde sie mich anlächeln – als wüsste sie um all die Erinnerungen, die mein Herz jetzt wie ein wertvoller Schatz bewahrt.

Unsere Geschichte war eine Reise, eine wilde, ungezähmte Odyssee voller Leidenschaft, Abenteuer und bedingungsloser Nähe. Ich kann immer noch das Echo unseres Lachens hören, das über das Deck der Yacht hallte, spüre den weichen Sand zwischen unseren Fingern, als wir lachend in die Unendlichkeit des Strandes fielen. Ich erinnere mich an die Hitze der Sonne auf unserer Haut, an das Spiel der Wellen, die uns umschlangen, während wir ineinander versunken waren – in einem Tanz, den nur wir beide verstanden.

Ich sehe dich vor mir, so lebendig wie in jener Nacht, als wir uns inmitten des aufgewühlten Ozeans auf einem kleinen Boot wiederfanden. Deine Augen spiegelten den Sternenhimmel wider, deine Lippen flüsterten keine Worte, sondern die Essenz des Moments selbst. Ich erinnere mich an den Geschmack von Salz und Sehnsucht auf deiner Haut, an das Gefühl deiner

Arme, die mich festhielten, als wäre die Welt nicht mehr als ein unendlicher Horizont, den wir gemeinsam eroberten.

Doch das Leben hat seine eigenen Winde, seine eigenen Strömungen, die uns treiben, manchmal sanft, manchmal unaufhaltsam. Ich hätte die Geschichte gerne weitergeschrieben, jede Seite mit weiteren Erinnerungen gefüllt, mit Küssen, die nach Sonne schmecken, mit Nächten, die nach Abenteuer duften. Ich hätte unsere Namen in den Sand gezeichnet, damit die Wellen sie immer wieder forttragen, nur um sie in neuen Mustern zurückzubringen.

Aber meine Muse hat sich entschlossen, mit einem anderen in den Ballon zu steigen.

Ich sah zu, wie du den Korb bestiegst, das Sonnenlicht auf deiner Haut, der Wind, der sanft mit deinem Haar spielte. Der Ballon hob sich langsam vom Boden, und für einen Moment hielt ich den Atem an – nicht aus Angst, nicht aus Schmerz, sondern aus einer tiefen, fast heiligen Ehrfurcht vor dem, was wir hatten.

Du hast mich nicht verlassen.

Nein, du hast mich mit deinem Blick noch einmal berührt, hast mir mit einem letzten Kuss, einem stummen Versprechen, gezeigt, dass wir mehr sind als ein Kapitel in einem Buch.

Denn auch wenn unsere Wege sich trennen, auch wenn der Ballon mit dir in die Lüfte steigt, während ich noch auf festem Boden stehe – unsere Geschichte endet nicht. Sie lebt in den Erinnerungen weiter, in den Spuren, die wir aufeinander hinterlassen haben.

Und was bleibt, ist die unerschütterliche Verbundenheit.

Wir wissen nun, dass wir zusammen jeder Herausforderung gewachsen sind.

Wir haben Stürme überlebt, die uns hätten zerreißen können. Wir haben uns in der Dunkelheit gefunden, wenn der Weg unklar war. Wir haben getanzt, gelacht, gekämpft – und wir haben uns bedingungslos geliebt.

Es gibt keine Abschiede zwischen uns, nur neue Wege. Denn du bist ein Teil von mir. Und ich bin ein Teil von dir.

Und egal, wo der Wind dich hinträgt – ich werde immer den Himmel absuchen, in der Hoffnung, den Ballon wiederzusehen, mit dir darin, frei, ungebunden, aber niemals wirklich fort.